수도원에서
어른이 되었습니다

수도원에서
어른이 되었습니다

김선호 지음

한 청년 수도자의 12년 수행기

항해

먼발치 다가오는 임의 그림자를 보고는
아무도 모르게 혼자 울었다

차례

여는 글 나는 수도원에서 어른이 되었다 010

1

지원기·청원기 수도자가 뭔지 몰랐다 016

헤맴의 시간 애연가들을 위한 수호성인 024

첫 라틴어 수업은 하얬다 030

감사합니다. 3층입니다 038

노숙자가 되다 046

첫 번째 무전여행 056

두 번째 무전여행 064

수도원 까마귀 072

꿈의 해석1 080

비겁해도 괜찮아 088

2

수련기 똥 푸는 걸로 시작했다 100

마주침의 시간 꿈의 해석2 108

일주일 단식기도 118

동지를 만나다 128

3

유기서원기

바라봄의 시간

지복의 장학생	136
수해복구와 현실 직면	144
'밥그릇'을 훔친 수도자	152
아빠가 되다	162
미리 알았다면 하지 못했을 일	170
빈 칠판에 숨은 '존재'	176
'있음'이 훅 들어왔다	184
죽음을 응시하다	192
비교체험 극과 극	200
전갈 형제의 죽음	208
밀림을 헤매다	216
체체와 춤을	224
차라리 뒤통수를 치십시오	230

4

성대서약

존재의 시간

숨 쉬는 것에만 집중하세요	240
찰나의 무게	248
모두 제자리	256
순례를 떠나다	264
동굴에서 기도하기	272
죽음과의 키스	280
만년설의 깨달음	288
새로운 세상으로	294

닫는 글	내면의 소리를 따르시기 바랍니다	302

* 아시시의 프란체스코Francesco, d'Assisi의 이름은 작은형제회의 표기를 따라 '프란치스코'로 적었다.

* † * † * † * 수도 생활을 갈망하지 않는 사람은 없다.
그걸 의식하지 못한 사람만이 있을 뿐이다.

여는 글

나는 수도원에서
어른이 되었다

수도원 입회 날, 집 떠날 무렵 새벽 기운이 아직도 선명하다. 현관을 열고 나서는 순간 1월의 차가운 바람이 얼굴을 스쳤다. 바람은 출가의 귓가에 얼음장 같은 속삭임을 건넸다.

'바보야! 춥잖아. 다시 생각해봐.'

뒤따라 배웅하는 식구 그 누구도 말이 없었다. 나는 당시 고3 학생 신분으로, 졸업을 한 달여 남겨두고 수도원에 들어갔다. 그렇게 열아홉에 들어가서 서른이 넘어 나왔으니, 20대 젊음이 갈색 수도복 자락으로 물들었다. 그 진한 경험이 오십을 마주한 지금까지 큰 영향을 줄 것이라는 걸 그때는 전혀 몰랐다.

수도 생활은 '진리 추구를 업으로 삼는 사람들이 공동체를 이루어 살아가는 여정'이다. 수도원에는 정말 다양한 사람들이 모여 산다. 나처럼 고등학교를 졸업하고 새내기 대학생 기분으로 입회한 사람도 있고, 회사원으로 살다가 들어온 사람도 있다. 직업군인이었다가 제대하고 들어온 사람도 있고, 대학을 중퇴하고 들어온 사람도, 기술직 노동자로 살다가 들어온 사람도 있다. 성격이 급한 사람, 느긋한 사람, 세밀한 사람, 거친 사람 등 천차만별이다. 그들은 일상에서 만날 수 있는 지극히 평범하면서 다양한 이웃들로, 오직 하나의 목적만 같았다.

'진리란 무엇인가?'

이 작고 단순한 질문이 그들을 수도원 공간으로 모여들게 했다. 그 안에서 적지 않은 파동이 일어난다. 삶의 언어가 제각각인 사람들이 모여서 각자의 방식대로, 유연하면서도 질서 있게 진리를 추구한다. 그걸 수도원에서는 '형제애' 또는 '형제체'라 부른다.

수도원을 떠난 지금 다시 조심스레 질문한다.

'나는 누구인가?'

'진리를 추구하는 사람'이다. 수도원 안에서든 밖에서든 변한 게 없다. 타인의 욕망에 휘둘리는 걸 경계하고, 거짓된 자아상에 머물지 않고 깨어 있으려 움직인다. 그렇게 살아가는 힘을 수도원에서 배웠다. 나를 어른으로 만들어준 곳은 수도원이다. 이제 여기서 그 수행의 여정을 공개하려 한다.

2023년 무더운 여름, 다락방 집필실에서

김선호

1

지원기·청원기

해맴의 시간

＊ † ＊ † ＊ † ＊　열아홉, 수도원에 들어갔다.
　　　　　　　　수도원 첫날 새벽, 추워서 눈을 떴다.
　　　　　　　　그 순간 튀어나온 첫 마디

　　　　　　　　"내가 여기 왜 있지?"

　　　　　　　　왜 수도원에 온지도 모른 채 들어와 있음을
　　　　　　　　하룻밤 자고 나서 알았다.

수도자가 뭔지 몰랐다

밤사이 마시려고 떠놓은 물 위에 부서질 듯 말 듯 살얼음이 끼었다. 분명 잠들기 전, 라디에이터 온수 돌아가는 소리가 들렸지만 그때뿐이었다. 아침 5시 30분, 일어나야 했지만 머뭇거렸다. 햇빛조차 들지 않는 수도원 북쪽 창문, 얼음꽃이 환상적인 수를 놓았다. 이불 밖으로 얼굴을 내미는 것조차 추웠다. 숨을 내뱉는 순간 뿌연 담배 연기마냥 침대 주변이 입김으로 가득 찼다. 두툼한 솜이불은 묵직하게 몸을 누르며, 조금 더 있다가 일어나도 된다고 귓가에 속삭이는 듯했다. 내가 왜 마음껏 늦잠 자도 되는 대학 생활을 보내지 않고 여기 있는지 참 기가 막혔다. 나의 '응답하라 1994'는 추운 수도원 북쪽, 냉동실 같은 작은 방에서 이렇게 시작되었다. 그저 이불을 끌어당겨 꼭 쥐고 추위를 견디고 있었다. 너무 추워서 기도보다 욕이 먼저 튀어나올 지경이었다.

"이런 젠장. 뒤지게 춥네."

이불 속에서 버티다가 기도 5분 전, 종소리에 일어났다. 까치집 머리를 물을 발라서 제압하고, 대충 눈곱을 떼고 총총걸음으로 성당에 들어갔다. 성당에 들어서는 순간 라디에이터에서 천천히 망치질하는 소리가 들렸다. 밤사이 차가워진 라디에이터에 뜨거운 물이 들어가면서 팽창하는 소리였다. 그 소리는 나를 중세의 시간으로 끌어당기는 듯했다. 소리는 서글펐지만 잠시 후 성당 안이 따뜻해질 거라는 희망의 메시지였다.

수도원 성당 정해진 자리에 무릎을 꿇고 앉았다. 아침 성무일도✝가 시작되었다. 어제와 다른 세상에 들어와 앉아 있는 내가 낯설었다. 분명 며칠 전만 해도 수능 끝내고 친구들이랑 영화 보러 간다고 들떠 있던 나였다. 고등학교 졸업식 날 친구들과 신나게 동인천 거리를 활보하고 싶었지만, 그러지 못했다. 수도원 입회식이

✝ 매일 정해진 시간에 하느님을 찬미하는
교회의 공적이고도 공통적인 기도

고교 졸업식보다 한 달 빨랐기 때문이다. 그래서 초, 중, 고 통틀어 유일하게 결석한 날이 바로 고등학교 졸업식이 되었다. 고3 담임이 수도원에 전화를 걸어서 졸업식 날 참석할 수 있게 해달라고 했지만, 허락되지 않았다. 내 그럴 줄 알았다. 군대도 수능 끝낸 고3 학생을 겨울방학에 입대시키진 않는다. 수도원은 군대보다 더 이상한 곳이었다.

무엇이든 첫 기억은 심리적으로 매우 중요하다. 나의 수도원 첫 기억은 정말 춥다는 것이었다. 신학대학 면접 날[+], 교수 신부님이 질문을 던졌다. 수도원에 대한 첫 느낌을 말해보라는 것이었다. 나는 주저하지 않고 너무 춥다고 말했다. 교수 신부님은 황당하다는 듯 다른 느낌은 없느냐고 다시 물으셨다. 솔직히 너무 추워서

[+] 수도원 입회 지원자는 두 부류로 나뉜다. 평생을 수사로 살기를 바라는 지원자와 수사로 살면서 사제직을 받고자 하는 지원자다. 나는 사제직으로 지망했기 때문에 수도원에 들어가기 위해 별도로 가톨릭 신학대학 입학시험을 봤다. 1994년 입회 당시 수능시험, 가톨릭 교리에 대한 서술시험, 그리고 마지막으로 면접 과정을 거쳤다.

집에 돌아가고 싶을 정도라고 말했다. 나중에 면접 끝내고 나왔을 때 나도 모르게 웃었다. 나와서 생각해보니 내 대답이 너무 철없었다. 한편으로 성의 없는 대답처럼 보였을 수도 있었다. 분명 교수 신부님은 수도원에 대한 어떤 이상적인 느낌이나 소감을 물은 것일 터였다. 가령 형제들의 사랑이라든지, 성무일도에 대한 느낌이라든지. 그러나 내 대답은 너무 인간적이고 명확했다. 정말 추웠다. 한편으로는 면접에서 떨어지고 싶다는 생각도 있었다. 떨어지면 그 핑계로 그냥 집에 돌아갈 수 있었으니. 그만큼 수도원은 정말 추웠다. 옆에 있던 다른 교수 신부님이 내 답변을 듣더니 웃으며 이제 그만 나가보라고 하셨다. 문을 열고 나가는데 뒤에서 면접관들이 대화하는 소리가 들렸다.

"대답하는 폼이 프란치스칸 맞네."

그때는 몰랐다. 그게 무슨 뜻인지. 그렇게 간단하게 면접을 끝내고는 신학교 입학 통지서를 받았다.

수도원 입회 전날 밤, 아파트 1층에 사는 어머니 친구분 내외가 찾아왔다. 그분들은 부모님을 위로하고 돌아갔다. 친구분들이 가시자 어머니는 내게 말했다. 수도원 들어가기 싫으면 안 가도 된다고. 그때는 그 말을 대수롭지 않게 흘려들었다. 집을 떠나는 게 별로 어렵지 않게 느껴졌다.

입회식 날에는 새벽에 일어났다. 아버지가 서울 지리를 잘 모르셨기 때문에 여유 있게 출발해야 했다. 당시에는 네비게이션도 없었다. 한 시간 정도 빨리 수도원에 도착했다. 내가 수도원 마당을 서성이는 동안, 어머니는 지나가는 수사에게 수도원에 들어갈 때 꼭 필요한 게 뭐냐고 물으셨다. 그 수사는 나보다 1년 먼저 들어온 청원자[✝]였다. 그는 아침에 일찍 일어나려면 탁상시계가 필요할 거라고 했다. 수도원 밖으로 나간 어머니는 어디선가 핑크색 알람 시계를 하나 사 오셨다. 이른 시간이라 구하기도 어려웠을 텐데. 그 시계를 받아서 주머니에 넣고 나의 수도 생활이 시작되었다. 그 탁상시계는 그로부터 12년 동안, 내가 수도원을 떠날 때까

✝ 입회 당시는 수도원에 들어온 지 1년이 안 된 사람을
　지원자, 1년이 넘으면 청원자라고 불렀다.

지 새벽마다 늘 나를 깨웠다.

　입회식 미사가 끝나고, 배웅하러 온 가족과 친지들이 모두 돌아갈 때가 되었다. 입회자들은 수도원 마당에서 하나둘 떠나는 차를 보며 손을 흔들었다. 그때 외할머니의 얼굴을 보았다. 외할머니는 손수건으로 눈물을 닦고 계셨다. 스치는 차창 너머, 고개 숙이고 울고 계신 외할머니를 보고서야 정신이 번뜩 들었다. '내가 지금 무슨 일을 저지른 건가!' 후회해도 소용없었다. 갑자기 두려움이 몰려왔다. 처음 직면한 혼자의 시작이었다. 일단 발을 들여놓고 한 달만 살아보자는 마음으로 나를 달랬다. 그리고 12년을 살았다.

　사실 수도원에 들어가면서도 '수도자修道者'가 뭔지 몰랐다. 그냥 '신부神父'가 되려 했다. 어린 시절 본 성당 신부님의 모습은 멋졌다. 하얗고 긴 옷을 입은 그의 옆에는 시중 드는 아이들이 마법사 같은 망토 옷을 입고 있었다. 그는 은은한 소리가 나는 종을 쳤다. 내가 신부가 되면 더 멋지게 잘할 수 있을 것 같았다. 주임 신부님처럼 굳은 표정의 무서운 사제가 아니라, 사탕을 나눠주는 젊

은 보좌 신부님처럼 착한 사제가 되고 싶었다. 크리스마스 날 성당
에서 보여준 프란치스코 영화를 보고 신부가 되려면 수도원에 들
어가야만 하는 것으로 알았다. 프란치스코라는 성인은 뭔가 사람
을 끄는 매력이 있었다. 하지만 막상 시작된 수도원 생활은 영화에
서 보듯 감상적이거나, 매사가 거룩하지는 않았다. 수도원에서는
화장실 청소하는 법부터 배워야 했다.

* † * † * † *   담배를 피우면서 세속의 삶과 결별했다.

애연가들을 위한 수호성인

수도원 입회 동기 중, 지금 수사신부修士神父✠로 열심히 살고 있는 김 모세 형제가 있다. 지금도 가끔 만나 한잔씩 하는 동기다. 나는 그 형제에게 수도원 들어가기 전에 담배를 배웠다. 울산에 있는 그의 집에 며칠 놀러 갔을 때였다. 날씨는 추웠고, 간간이 비가 내렸다. 밖에서 놀기에 좋은 날씨는 아니었다. 우리는 근처 바닷가 방파제로 갔다. 가던 도중 유원지에 들렀는데, 상점 대부분이 문을 닫은 채였다. 장난감 사격장만 문이 열려 있었다. 삼천 원씩 내고 플라스틱 총알 다섯 발을 받았다. 총알은 맞추고자 하는

✠ 신부는 그 소속에 따라 두 부류로 나눌 수 있다. 지역 교구에 속해 주로 성당에 상주하는 교구신부가 있고, 수도원 소속으로 수도원에서 주어지는 소임을 맡아 하는 수사신부가 있다.

물건들을 정확하게 피해 갔다. 엉뚱하게 시가^{Cigar} 몇 개가 포장된 갑 하나를 떨어뜨렸다. 하늘이 내린 은총이었다. 그렇게 시가를 들고 방파제에 가서 나눠 피웠다. 시가는 처음이었다. 모세는 내게 깊이 들이마시라고 일러줬다. 시가를 한 모금 빤 순간 깜짝 놀랐다. 내가 예상하던 맛과 똑같았다. 뭔지 모를 가슴속 답답함이 연기가 되어 밖으로 뿜어져 나왔다. 그렇게 수도원 입회 며칠 전, 착한 모세 형제와 시가를 나눠 피우며 거룩한 '작은형제회' 수도원으로 들어갈 모든 준비를 마쳤다. 술은 이미 고등학교 때 친구들과 중간, 기말로 마셨기 때문에 따로 연습할 필요가 없었다.

수도원 입회 다음 날, 반장 형제[✝]가 수도원 구석구석을 안내해 줬다. 공동 옷 방에서 필요한 옷과 물건을 마음껏 가져가서 써도 된다고 했다. 또 필요 없는 물건은 나중에 이곳에 가져다 놓으라고도 했다. 내 눈에 오래된 태엽 시계가 들어왔다. 옛 서부영화에 나오는, 시곗줄이 달린 동그란 황금색 주머니 시계였다. 나는 설명을 다 듣고서 바로 그 방으로 달려가 내가 차고 있던 오천 원짜리 전

✝ 1년 먼저 입회한 청원자 수사 중 대표

25

자시계를 풀고, 황금빛 태엽 시계를 가져왔다. 이 시계는 매일 아침마다 시계 밥을 줘야 했는데, 귓가에 대면 '틱틱' 하고 태엽 풀리는 소리가 들렸다. 듣기 참 좋았다. 마치 가을날 혼자 우는 귀뚜라미 소리 같았다. 1년 뒤 군대 가면서 시계를 원위치 시켜놓았는데, 제대 후 돌아와서 보니 사라지고 없었다.

　수도원 구석구석을 안내받다가 눈이 휘둥그레졌다. 공동휴게실 찬장에 담배가 가득 들어 있었기 때문이다. 반장 형제가 담배를 피우는 형제들은 여기서 꺼내 가도 좋다고 했다. 모두 '백자'였다. 1994년 당시는 88 담배를 일상적으로 피웠고, 백자는 할아버지들이 주로 피우는 담배였다. 88보다 백자가 훨씬 저렴해서 그것을 피우는 것 같았다. 정확하지 않지만 한 갑에 사백 원쯤 했던 것으로 기억한다. 백자가 다 떨어지면 가끔 '청자'도 나왔다. 하지만 상관없었다. 이런 상황은 고등학교를 갓 졸업한 내게 맘껏 담배를 피워도 좋다는 일종의 허락이었다. 바로 담배 세 갑을 주머니에 쑤셔 넣었다. 한껏 만족하며 방으로 들어와서 네 개비를 연속으로 피웠다. 그러자 머리가 어지러워져 침대에 쓰러졌다. 쓰러지면서도 일회용 라이터를 두 손에 꼭 쥐고 '주님께 감사'를 중얼거렸다. 수

26

도 생활 중에 담배를 마음껏, 심지어 거저 피울 수 있다는 건 지극히 감사할 일이었다. 고등학교 졸업하고 첫 1년간 수도원에서 정말 즐거웠던 시간은 기도 시간이 아니었다. 담배 피우는 시간이었다. 담배 연기는 마치 기도 같았다. 아름다웠다. 그레고리안풍의 성무일도처럼 뭉게뭉게 아름답게 하늘로 피어올랐다. 매일 밤 잠들기 전 담배를 입에 물고 하늘을 향하는 담배 연기를 보며 손 모아 기도했다.

"주님, 저는 거룩함이 무엇인지 잘 모르겠습니다. 그래도 잘하면, 애연가들을 위한 수호성인✝은 될 수 있을 것 같습니다. 아멘."

그때 방을 같이 쓴 형제들에게 참 미안하다. 공교롭게도 그들은 담배를 피우지 않았다. 그래도 내가 방에서 담배 피우는 것을 늘 관대하게 바라봐줬다. 처음 방을 같이 쓴 박 세바스찬 형제는 대학을 졸업하고 입회한 형님으로 참 친절했고 따뜻했다. 몸이 좋

✝ 가톨릭에서는 예수그리스도의 정신을 본받아 거룩한
  삶을 살아온 위인을 '성인聖人'이라 칭한다.

지 않아 수도원을 떠났지만, 추후 광주 교구에서 사제서품을 받았다. 최 라우렌시오 형제도 있었는데 그도 대학 졸업 후 입회한 경우였다. 성모 신심으로 가득 찬 형제였고 늘 반듯했다.

하루는 아침에 일어났는데 방에 담배 냄새가 가득했다. 분명 어제 피우고 환기했는데, 냄새가 심했다. 미안한 마음에, 최 라우렌시오 형제에게 담배 냄새가 많이 난다고 먼저 말을 건넸다. 그런데 라우렌시오 형제의 대답이 황당했다. 간밤에 방에서 불이 났었다는 것이다. 나는 내 담배 때문에 불이 났다는 줄 알았다. 하지만 그게 아니었다. 라우렌시오 형제 왈. "취침 시간에 성서를 더 읽고 싶어서, 스탠드를 켠 채 이불을 뒤집어쓰고 몰래 읽다가 잠이 들었어." 당시 수도원에서는 취침 시간을 반드시 지켜야 했다. 결국 스탠드의 뜨거운 열기에 이불솜이 타서 불이 난 것이었다. 라우렌시오 형제가 불을 끄느라 난리인 와중에도 나는 세상모르고 잠을 잤다. 탄내는 며칠 내내 지속되었고, 덕분에 나는 마음껏 방에서 담배를 피울 수 있었다.

* † * † * † *　라틴어를 왜 배워야 하는지 몰랐다.
죽은 옛 애인의 노래라면 적어도 그리움이 남겠지만,
역사 속 먼지처럼 사라진 언어를 왜 되짚어야 하는지
몰랐다. 지금은 라틴어가 옛 애인처럼 그립다.

첫 라틴어 수업은 하얬다

신학대학 첫해, 라틴어 수업 시간은 지옥이었다. 한번은 꿈속에서 천사가 나타나 천당과 지옥을 보여줬다. 천당에서는 'Prima schola alba est'라는 간판이 하얗게 빛나고 있었고, 지옥에서는 그 글자가 불타 없어지고 있었다. 이 말의 뜻은 '첫 수업은 흰색' 즉 휴강이라는 뜻이다. 매일 신학교로 출발할 때, 오늘은 제발 라틴어 수업을 쉽게 해달라고 간절히 기도했다. 그것이 안 된다면 단지 무사히 넘길 수 있게만 해달라고 묵주기도†를 했다. 기도 말고는 방법이 없었다. 핑계를 대자면, 라틴어 공부를 하고 싶어도 수도원 일과가 끝나면 불을 끄고 자야 했기 때문에, 공부라는 걸 할

---

† 염주같이 생긴 긴 목걸이 모양의 성물을 손가락으로 세어가며 하는 기도. 주로 성모마리아 신심 기도에 활용된다. 나는 급히 뭔가를 간절하게 청할 때 묵주기도를 종종 했다.

시간이 없었다. 당시 내 눈에 작은형제회 수사들은 책 읽기보다 몸으로 때우는 걸 더 중시하는 듯 보였다. 나는 그 말을 정말 잘 듣는 착한 수사였다.

신학교 라틴어 수업은 두 개 반으로 나뉘어 진행되었다. 한 반은 백민관 교수 신부님이 강의했고, 다른 반은 정의철 교수 신부님이 강의했다. 백민관 교수 신부님은 나이가 많았고, 한국 가톨릭계에서 라틴어의 대가로 불리는 분이었다. 나는 그분께 수업받고 싶었다. 이유인즉 그분은 수업 중에 신학생들에게 질문을 거의 하지 않는 인자한 분이기 때문이었다. 하지만 난 정의철 교수 신부님의 강의에 배정되었다. 그분은 정말 열정적으로 가르쳤다. 늘 질문을 하셨고, 그 질문에 답하지 못하면 답할 수 있을 때까지 더 쉽고 친절하게 물으셨다. 그러면서 너희들은 참 행복하게 라틴어를 배우는 것이라고 말씀하셨다. 그분의 신학교 시절에는 라틴어 시간에 맞기도 했다는 전설 같은 이야기를 하시면서.

아무튼 라틴어 시간은 참 힘들었다. 아침에 신학교까지 걸어가면서 라틴어 변형을 외우는 것이 유일하게 공부하는 시간이었

31

다. 처음 수도원에 입회하고 1년 동안은 뭐가 그리 배울 것도 많고, 해야 할 것도 소소하게 많은지 도무지 공부란 걸 할 수 없었다. 시트 빨래하고, 그것을 개고 널고 다시 이부자리에 정리하는 것까지, 화장실 청소부터 마당에 있는 개똥 치우는 것까지 다 선배들에게서 전해 내려오는 방식이 있었다. 그 방식을 익히고 그대로 따라 해야 했다. 지금 생각하면 말도 안 되지만, 하다못해 화장실에서 휴지를 몇 칸 이상 쓰지 말라는 규칙도 있었다. 내 방식대로 자유롭게 할 수 있는 건 쉬는 시간에 담배를 피우는 일뿐이었다. 사실 난 그때 사춘기였다. 대학 준비한다고 중고등학교 때 공부만 한 여느 수험생과 다를 게 없었다. 그러다가 졸업하고 수도원에 들어와서 사춘기가 시작되었다. 사제가 되겠다고 들어왔지만 그 뜻이 깊었던 것도 아니고, 어쩌다 들어오게 되었다는 생각이 나를 휘감았다. 그리고 정말 '하느님'이라는 존재가 있는지도 의심스러웠다. 세상 사람들은 신에 대해 생각하지 않아도 잘만 살아가는데 나는 왜 수도자가 되어 여기 있는지 그 이유를 찾을 수 없었다. 더군다나 신학교에서는 세상살이에 전혀 쓸모없어 보이는 라틴어를 외우게 하니 머리에 들어올 리가 없었다.

라틴어 시간에 질문을 받으면 같이 수업 듣던 몇몇 형제들은

장난스럽게 기쁨의 미소를 지어 보였다. 내게 엄지손가락을 치켜
들었다. 열심히 잘해보라는 뜻이었다. 하지만 칠판으로 불려 나간
나는 아무것도 할 수 없었다. 정의철 신부님은 최대한 질문을 쉽
게 바꿔가며 설명하셨지만 머릿속은 그저 점점 더 하얘질 뿐이었
다. 말 그대로 내 머릿속은 항상 Prima schola alba est였다. 칠판
앞에 선 채로 시간이 5분, 10분 지체되다 보면, 다음 차례 형제들
이 평화의 안식을 맛볼 수 있었다. 그렇게 라틴어 시간에 나는 어
린 희생양이 되어 다른 어리석은 작은형제들을 구원하곤 했다.

　가톨릭 신학대학 시험은 매우 엄격하다. 얼마나 엄격한지 시
험 중 감독도 없다. 미래에 신부가 될 사람들이 부정행위를 해서
는 안 된다는 무언의 메시지였다. 만약 부정행위가 발각되면 퇴학
이었다. 모든 시험은 절대평가였으며 F 학점을 두 개 맞으면 유급
되었다. 유급을 몇 차례 하면 자동 퇴학이었다. 라틴어 수업 시간
에 헤매는 게 작은 고통이었다면, 더 큰 고통은 유급에 대한 두려
움이었다. 유급만 안 되면 좋겠다는 생각으로 거룩한 최 라우렌시
오 형제를 찾아갔다. 그는 정리의 달인으로, 신학교의 모든 수업
내용을 복사하듯 노트에 옮겨 적는 신비한 재주가 있는 형제였다.

본인 말로는 글씨를 잘 써서 헌병대에 행정병으로 들어갔다고 했다. 아무튼 그 형제를 찾아가서 라틴어 시험공부를 할 수 있도록 도와달라고 했다. 당시 라틴어책에는 서술형 문제만 있었지, 그 문제의 답이 없었다. 수업 중 교수 신부님의 해석이 곧 답안지였으며, 그 말을 속기사의 능력으로 받아 적는 사람만이 살아남을 수 있었다. 그걸 받아 적는 이들은 내 눈에 천사의 능력을 부여받은 사람처럼 보였다. 최 라우렌시오 형제는 수업 시간에도 책상에 앉아서 늘 묵주기도만 하던 수사였다. 그런데 그의 공책은 볼 때마다 기적처럼 교수 신부님들의 말씀으로 가득 채워져 있었다. 어쩌면 성모마리아의 은총을 입어 그러한 능력을 가지게 된 것 같다는 생각마저 들었다. 그의 노트는 정리가 환상적으로 잘되어 있었다. 그는 한 권의 노트를 내게 전해줬다. 노트에는 라틴어 서술 문제의 해석이 빼곡하게 적혀 있었다. 나는 바로 노트를 복사해서 해석본만 죽어라 외웠다. 라틴어 첫 단어만 보면 한글로 해석이 줄줄 나올 정도로 외우고 학교에 갔다.

시험을 보고 최소 90점은 넘었다고 자신했다. 그런데 나중에 성적표를 보니 기대보다 점수가 나빴다. 시험문제가 책에 있는 문장 그대로 나오지 않고, 단어가 몇 개씩 변형되어 출제된 모양이었다. 그래도 다행히 통과되기에는 충분한 점수였다. 그렇게 나의 라틴어 수업은 안갯속을 헤매다가 지나갔다.

* † * † * † * 가끔씩 술이 떨어질 때까지 형제들과 함께 마시다가
아침기도를 맞이했다.
기도 시간 내내 울렁거림을 참느라 힘들었지만
이상하게도 함께한 시간이 뿌듯했다.

감사합니다. 3층입니다

술은 고등학교 2학년 때부터 마음 맞는 친구들과 1년에 4회 정도 마셨다. 그 정도면 착하고 모범적인 수준이었다고 생각한다. 중간, 기말시험이 끝날 때마다 마셨으니 대략 그 정도 될 것이다. 수학여행을 가거나 했을 때 추가로 마시기는 했지만, 그건 횟수에서 빼도 될 듯싶다. 그때는 담임 선생님도 함께 계셨으니까.

나는 인천 대건 고등학교를 졸업했다. 가톨릭 재단에서 운영하는 미션스쿨로 마리아 수도회에서 운영했으며 교장 선생님이 수사님이셨다. 사실 나는 서인천 고등학교로 가고 싶었다. 고교 평준화 이후 인천에서 유일하게 시험을 봐야 들어갈 수 있는 학교였다. 내가 그곳에 들어가고 싶었던 이유는 단 한 가지였다. 남녀공학이었기 때문이다. 난 그 학교에 지원했고 공부를 열심히 했지만 낙방했다. 유독 그해에 지원자가 몰렸다. 예년 같으면 당연히 붙을 정도의 점수를 받았지만 떨어졌다. 그리고 대건 고등학교에 배정받았다. 처음 들어본 학교였다. 집에서도 꽤 멀었다. 처음 학교에 갔던 날이 생각난다. 아쉬운 대로 마음에 드는 게 하나 있었다. 교복이 멋졌다. 적어도 내가 보기에 당시 다른 고등학교보다는 훨씬 세련된 교복이었다. 나중에 알게 된 사실이지만 옛날 선교사들이 입던 양복을 모델로 삼아 만든 것이라고 했다.

고교 동창 중에 박기영이라는 친구가 있다. 술은 꼭 그 친구랑 같이 마셨다. 믿을 만한 친구였다. 인천 앞바다의 대부도라는 섬에서 유학 온 자취생이었다. 고등학교 2학년 1학기 기말시험이 끝나고 우리는 함께 술을 마시기로 했다. 그런데 문제가 있었다. 정보통에 의하면 학교 시험이 끝나는 날 학생부장 선생님이 동인천을 다니면서 단속을 한다는 것이었다. 진짜 그랬는지는 모르지만, 모범생이었던 우리로서는 절대로 단속에 걸려서는 안 되었다. 그래서 어떻게 해야 술을 안전하게 마실 수 있을지 연구했다. 연구 결과 우리는 교실에서 마시기로 했다. 등잔 밑이 어둡다는 말은 사실이었다. 선생님들이 동인천 거리를 단속하는 동안 우리는 학교에서 술을 마셨다. 당시에는 교실 청소가 끝나면 간단히 검사를 받고 학생이 교실 문을 닫았다. 선생님들은 주로 교무실에 계셨기 때문에 그 뒤로 교실에 들어오지 않으셨다. 시험 끝나는 날, 우리는 자발적으로 남아 열심히 청소하고 검사를 받았다. 그리고 교실에 남은 채 문을 걸어 잠그고 선생님들이 퇴근하실 때까지 기다렸다. 시험이 끝난 날은 선생님들도 조금 일찍 퇴근했던 것으로 기억한다. 학교가 조용해지자 우리는 교실 벽 쪽에 자리 잡고 앉아 준비한 소주와 참치통조림과 새우깡을 꺼내놓고 마셨다. 지금은 청소년에게 술을 팔지 않지만, 당시 학교 근처 정 많은 구멍가게 할머니는 기꺼이 소주를 내주셨다. 솔직히 술맛은 몰랐다. 그냥 어른 흉내 내는 것이 즐거웠다. 작은 일탈이 주는 자유의 느낌이 좋았을 뿐이다. 그래도 자랑스럽게 말할 수 있는 것은, 우린 교실에서 담배를 피우지는 않았다.

수도원에 들어오니 좋은 것이 담배 말고 또 하나 있었다. 매주 토요일 저녁, 공동 묵주기도가 끝나면 함께 휴식 시간을 가졌다. '공동휴식'이라 불렸다. 모두 모여서 다과를 놓고 이야기 나누는 시간이었다. 일종의 회식인데 다과와 함께 꼭 소주가 나왔다. 가톨릭 전례력⁺에 따라 주요 성인의 축일이면 맥주나 와인이 나오기도

했다. 술의 종류는 상관없었다. 일주일에 한 번씩 공식적으로 술 마시는 날이 있다는 게 참 근사했다. 당시에는 술을 즐겨 마시는 편이 아니었지만 그 시간이 즐거웠다. 특히 군대 다녀온 선배 형제 들의 활약상을 시간 가는 줄 모르고 듣는 게 좋았다. 1년 뒤에는 나도 군대에 가야 했다. 이미 제대하고 돌아온 선배 형제들의 이야 기는 원장 신부님의 강론보다 값진 보석이었다.

처음 술이 맛있다고 느낀 건, 입회 첫해, 여름이 지나고 맛본 평양 소주였다. 일반적으로 교육받는 수사들은 여름에 이곳저곳 불려 다니며 봉사 체험을 한다. 말이 좋아서 봉사 체험이지 사실 막일이었다. 그해 여름은 방학 내내 여주에 있는 파티마의 성모 프 란치스코 수녀원에서 수녀원 뒷산 산책로를 만드는 작업에 동원 되었다. 삽과 곡괭이로 산속 산책길을 만드는 과정은 정말 고되었 다. 일을 다 마치고 수도원으로 돌아오자 형제들이 저녁 때 삼겹 살 파티를 열어줬다. 어디서 선물로 들어왔는지 평양 소주가 있었

✟ 그리스도의 구세 사업과 관련된 중요한 기념일이나
　축일을 1년간에 배당한 달력

다. 그걸 삼겹살에 곁들어 마셨는데 깜짝 놀랐다. 처음으로 소주가 달게 느껴졌다. 여름날 더운 산속에서 길을 내느라 다져진 몸속으로 들어간 평양 소주는, 신비할 정도로 달았다.

수도원에 들어온 지 거의 1년이 되던, 신학교 마지막 라틴어 시험이 끝난 어느 토요일이었다. 평소처럼 저녁 묵주기도를 끝내고 토요일 공동휴식을 하고 있었다. 라틴어 시험 때문에 스트레스를 받았지만, 다행히 최 라우렌시오 형제의 노트 덕분에 무사히 통과할 거라는 확신이 생겼다. 마음이 풀리자 엄청나게 술이 당겼다. 얼마나 마셨는지는 잘 기억나지 않는다. 그냥 신나게 마시고 자리에서 일어섰는데 걷기가 너무 힘들었다. 도저히 3층 내 방까지 걸어갈 수가 없어서 잠시 쉬었다 가기로 했다. 공동휴게실 문을 나와 1층 화장실로 들어갔다. 화장실에 들어가서 좌변기를 끌어안고 누운 채 잠이 들었다. 당시 수도원 화장실은 정말 깨끗했다. 수사들이 화장실 청소만큼은 거의 군대식으로 했기 때문이다. 그곳에서 어지러움을 견디려고 좌변기를 꼭 끌어안고 엎드렸다. 모든 것이 평화로웠다. 그저 걷기가 힘들 뿐이었다. 잠들면서 기도했다. 잠시 여기 엎드렸다가 3층까지 올라갈 테니, 잠에서 깨면 걸을 수 있는 힘을 달라고 했다. 몇 시간 후 잠에서 깼다. 방으로 돌아갈지 망설였다. 그사이 수도원 북쪽 내 방보다 화장실이 더 따뜻하다는 것을 깨달았기 때문이다. 그래도 돌아가서 침대에 눕기로 하고 일어섰다. 하지만 3층 방까지 걸어 올라가는 건 너무 힘들 것 같았다. 간신히 화장실 벽을 잡고 스파이더맨처럼 온몸을 벽에 붙이고 천천히 화장실을 나왔다. 깜짝 놀랐다. 화장실 문밖을 나왔는데 잘 살펴보니 이미 3층이었다. 어찌 된 영문인지 몰랐다. 아직도 미스터리다. 분명 1층 화장실에 들어가 엎드렸는데, 기도 후 한숨 자고 나오니 3층 화장실이었다. 남들에게는 그저 술 마시다 필름 끊긴 철없는 젊은 수사의 이야기로 들렸겠지만, 나로서는 기적이었다. 어쨌든 나는 걷지 않고 3층까지 올라와 내 방에 가서 누웠다. 감사했다.

* † * † * † * 배고프다는 것은 내가 존재함을 감각적으로
함축한다.

노숙자가 되다

성금요일[+], 예수의 십자가 죽음을 기념하는 날이다. 수도원에 들어온 첫해, 원장 이 아오스딩 형제님은 아침 미사 후 거룩한 축복을 주셨다. 그리고 형제들을 거리로 내몰았다. 일단 밖으로 나가서 하루 세끼를 굶든지 아니면 얻어먹든지 알아서 해야 했다. 형제들은 이날을 '사막 체험'이라 불렀다. 지금 와서 생각해보니, 사막 체험이라는 이름은 참 의미가 깊다. 심리적으로 해석하자면 사막에 홀로 있듯 나와 직면한다는 뜻이고, 가톨릭 신앙적으로는 온전히 신을 향한 시선을 유지하는 일이기 때문이다. 현실은 냉혹했다. 심리적이든 신앙적이든 어떻게 해석하든 간에 인간적으로 배

[+] 가톨릭에서는 예수의 십자가상 죽음과 부활을 기념하는데, 성금요일은 예수의 십자가상 죽음을 상징적으로 기억하는 날이다. 이날은 단식이나 금육을 하기도 한다.

가 고팠다. 그나마 운이 좋은 형제는 주방 담당 형제였다. 그날은 온종일 쉬어도 되는 날이었다. 적어도 주방 소임에서는 말이다.

하루를 어떻게 견뎌야 할지 막막했다. 뭔가 특단의 조치가 필요했다. 잠시 성당에 앉아 생각하다가 오늘 하루만 정말 거지가 되기로 했다. 문제는 얼굴이 너무 '미소년'인 것이 문제였다. 누구도 날 거지로 볼 것 같지 않았다. 수도원 공동 물품을 두는 방으로 갔다. 허름하고 커다란 갈색 점퍼를 가져왔다. 모자 달린 정말 커다란 점퍼였다. 신문지를 태워 그 재를 얼굴, 손목, 발목, 손톱 끝까지 두루 발랐다. 고무신도 찾아서 흙바닥에 몇 번 문지르고 신었다. 모자를 뒤집어쓴 채 일부러 다리를 절뚝이며 수도원 문밖을 나섰다. 문밖을 나오며 내 손을 보았다. 검은 때가 손톱 사이로 가득했다. 거지가 정말 이렇게까지 지저분할까 하는 생각이 들 정도였다.

어디로 어떻게 가야 할지 몰라서 일단 앞만 보고 걸었다. 그렇게 걷는데 귓가로 짜증 섞인 소리가 들려왔다. 오늘따라 아침부터 이 길에 거지들이 많이 지나간다는 것이었다.

서울 지리를 몰랐다. 그렇다고 마땅히 어디로 갈지 정한 것도 아니었다. 그저 오늘 하루 어떻게 배고픔을 채울 수 있을지만 생각했다. 예수의 십자가 죽음은 뒷전이었다. 문득 지하철역에서 엎드려 구걸하는 노숙자의 모습이 떠올랐다. 나도 그렇게 하기로 했다. 성북동 수도원[†]에서 혜화역까지 걸었다. 신학교에 다닐 때 늘 가던 길이었다. 혜화역에 도착해서 자리를 물색했다. 사람들이 많이 다니는 통로를 택하기 위해서였다. 주변을 둘러보는데 사람들이 내 곁을 피했다. 냄새가 난다고 하는 이들도 있었다. 사실 냄새는 안 났다. 혜화역에서 마로니에 공원으로 올라가는 층계참이 적당해 보였다. 막상 엎드리려니 생각처럼 쉽지 않았다. 거리로 나오는 것까지는 어찌어찌했지만, 엎드려서 구걸하려 하니 부끄러움이 밀려왔다. 결국 지나가는 사람이 없을 때 재빨리 엎드렸다. 고개를 푹 숙이고 두 손만 삐쭉 내밀었다. 3분도 채 안 지났는데 무릎이 시려왔다. 더 힘든 건 부끄러움과 두려움이었다. 부끄러움이란 나를 아는 누군가를 만날 것 같다는 생각이었다. 두려움이란

[†] 1994년 당시 성북동 작은형제회 수도원은 처음 수도원에 입회한 형제들이 교육받는 곳이었다. 아이러니하게도 부자 동네에서 세상에서 가장 가난한 정신으로 사는 프란치스칸 교육을 받았다.

누군가 나를 일으켜 세워 이곳에서 쫓아낼 것 같다는 생각이었다. 세상의 모든 사람이 나를 하찮게 여기고 무시하고 함부로 대할 것 같았다. 처음 느낀 세상에 대한 공포였다. 부끄러움은 참을 만했지만, 두려움은 견디기가 어려웠다. 그냥 화장실로 들어가 온종일 앉아 있다가 나오고 싶었다. 그렇게 망설이며 엎드려 있는데 내 손으로 동전이 떨어졌다. 누군가의 주머니 속에 있던 동전이었다. 동전에서 그 사람의 체온이 느껴졌다. 동전 하나가 이렇게 따뜻할 수 있다는 걸 처음 알았다. 순간 마음이 따뜻해졌다. 수많은 발걸음이 오르락내리락했다. 출근하는 직장인들의 바쁜 걸음 속에서 동전이 내 손바닥에 하나둘 모였다. 가만히 돈을 받기만 하니 뭔가 잘못되었다는 생각이 들었다. 그렇게 엎드린 채 마음으로 기도했다. 동전을 주고 가는 이들을 위해 기도했다. 적어도 그들이 오늘 하루만큼은 세상 걱정에 휩싸이지 않고 행복한 하루를 보낼 수 있게 해달라고 빌었다.

동전뿐 아니라 지폐를 놓고 가는 사람도 있었다. 나는 동전과 천 원 지폐를 점퍼 주머니 속에 넣었다. 그렇게 약 한 시간 반을 엎드려 있었다. 출근 시간이 지나자 사람들의 발걸음도 뜸해졌다. 바

닥이 너무 차가워서 무릎도 아프고 어깨도 얼얼했다. 이제 일어나
야겠다고 생각했다. 천천히 일어나서 마로니에 공원으로 향했다.
돈이 얼마나 모였는지 알고 싶었다. 마로니에 공원 화장실로 들어
갔다. 문을 걸어 잠그고 동전을 세어 보았다. 만 육천 원이 조금 넘
었다. 깜짝 놀랐다. 그 돈이면 점심은 물론 저녁까지 해결하고도
남는 돈이었다. 입가에 미소가 흘렀다. 점심으로 무엇을 사 먹을까
행복한 고민을 하며 화장실을 나왔다.

평소에 자주 가던 분식집에 가기로 했다. 신학교 오후 수업이
있는 날이면 종종 들러 점심을 먹던 혜화동 로터리 근처의 음식
점이었다. 거기서 돌솥비빔밥을 사 먹으려 했다. 행여 주인 아주머
니가 얼굴을 알아보지 않을까 염려하며 고개를 숙이고 문을 밀었
다. 문이 열리지 않았다. 고개를 들어보니 안에서 아주머니가 문
을 잡고 열어주지 않았다. 거지꼴을 한 노숙자를 못 들어오게 막
고 있는 것이었다. 서운하면서도 한편으로는 그럴 만하다고 생각
했다. 노숙자가 들어와서 가게 장사에 좋을 리가 없었다. 나는 송
구한 마음으로 고개를 숙이고 뒤돌아 나왔다. 몇 군데 더 들렀지
만 돈이 있어도 사 먹을 수 있는 음식점이 없었다. 아침부터 재수

없다는 말도 들었다. 그 말을 들으니 오히려 더 미안해졌다. 어쨌거나 열심히 장사하며 살아가는 분들이었고, 난 그들의 장사를 방해하는 노숙자에 불과했다. 결국 길가 포장마차에서 꽈배기를 하나 사 먹을 수 있었다. 아저씨는 돈을 받지 않고 그냥 가라고 손짓했다. 나는 가격표에 적힌 대로 이백 원을 올려놓고 도망치듯 자리를 떴다.

꽈배기 하나로 주린 배를 채우고 삼선교역까지 한 정거장 걸었다. 어차피 배고픈 거 돈이라도 더 벌자는 생각이 들었다. 삼선교역에서 성북동 방향으로 올라가는 층계참에 엎드려 다시 구걸을 시작했다. 혜화역에서 한번 해보았다고 이제는 부끄러움도 두려움도 없었다. 담담히 엎드려 있었다. 단 몇 시간 사이 노숙자 생활에 적응하고 있었다. 그렇게 엎드려 있는데, 수입이 좋지 않았다. 20여 분가량 지났지만 지나가는 사람도 별로 없었을뿐더러 동전을 떨어뜨리고 가는 사람도 없었다. 그렇게 그냥 있으려니 답답하고 힘들었다. 조금만 더 하다가 자리를 옮기자고 생각했다. 그때 발소리가 들렸다. 초등학생들이었다. 한 여자아이가 말했다.

"오빠 거지인가 봐! 불쌍하다."

"그러게, 불쌍하다. 우리 주고 가자."

책가방 여는 소리가 들렸다. 아이들이 가방에서 뭔가를 꺼냈다. 지갑 지퍼 여는 소리가 들리더니 내 손으로 동전이 와르르 떨어졌다. 다시 지갑을 가방에 넣는 소리가 들렸고, 발소리가 먼발치로 사라졌다. 고개를 들어보니 손바닥에 동전이 한가득했다. 아이들이 모으기엔 꽤 오랜 시간이 걸렸을 양이었다. 십 원, 오십 원, 백 원짜리 동전이 넘칠 듯했다. 눈가에 눈물이 고였다. 진짜 거지가 된 것 같았다. 그때 정신을 차렸다. 아이들이 쏟아준 동전을 보고서 알게 되었다. 동전은 내 몫이 아니었다. 진짜 어렵게 사는 이들을 위한 돈이었다. 난 그저 하루 동안 거지 체험을 하는 젊은 수사였을 뿐이었다.

뭔가를 더 사 먹겠다는 생각을 버렸다. 어차피 난 돌아갈 수도원이 있었다. 그날 받은 돈은 진짜 어려운 이들을 위한 것이라는 걸 그 아이들을 통해 알았다. 만일 그것으로 뭔가를 사 먹는다면 아이들에게 사기를 친 것이나 다름없었다. 결국 그날은 이백 원짜

52

리 꽈배기 하나로 하루를 버티고 수도원으로 복귀했다. 수도원 휴게실에 있는 가난한 이들을 위한 성금함에 동전을 쏟아붓자 마음이 가벼워졌다.

휴게실 한가운데 삶은 달걀이 가득했다. 오늘 하루 고생한 형제들을 위해 원장 수사님이 특별히 삶아 놓으라고 지시한 것이었다. 삶은 달걀을 먹으며 물을 마시는데 눈물과 콧물로 적당히 짭짤한 게, 맛이 제법 괜찮았다.

* † * † * † * 첫 무전여행 때 본 성북동 하늘빛이 떠오른다.
하얀 구름이 파란 하늘에 얼룩을 묻히고 있었다.
교회 지붕의 빛바랜 페인트 조각이 아침 햇살에 눈부시게
빛났다. 도로에서는 마을버스가 꺼먼 연기를 내면서
지나갔다. 거리는 서서히 더워지기 시작했다.

첫 번째 무전여행

수도원에 들어온 첫해 여름, 긴 사막 체험이 시작되었다. 쉽게 표현해서 무전 순례 여행이다. 한국천주교의 순교자를 기념하는 성지를 거점 삼아서 약 보름 동안 이동했다. 혼자 이동하다가 도중에 형제들을 한 번 만나는 일정으로 진행되었다. 돈 한 푼 없이 여행하는 건 처음이었기에, 며칠 전부터 무척 긴장되었다. 이미 앞서 경험한 선배 수사들에게 배고프지 않게 얻어먹으며 여행하는 노하우를 전수받았다. 하지만 막상 현실에서 선배들의 노하우는 별 쓸모가 없었다. 검증되지 않은 것들이 많았다.

어떤 선배 형제는 산속에서 노숙하다가 간첩으로 오인받아서 군과 경찰이 출동했는데, 덕분에 경찰서에서 편안하게 하룻밤 묵었다고 했다. 이런 일화들은 무척 재미있었지만 마주친 현실은 그리 즐겁지 않았다. 그냥 그때그때 하늘에 운을 맡기는 게 최선이었다.

모든 형제들이 안전하게 순례를 마치고 돌아오도록 미사 후 축복의 기도가 올려졌다. 하나둘 준비가 되는대로 수도원을 나섰다. 노숙을 대비해 가을 점퍼 하나만 가방에 넣고 길을 나섰다. 가슴이 뛰었다. 기대 반 두려움 반이었다. 오늘 당장 하루 어디서 자야 할지는 나중 일이었다. 어떻게 하루 만에 서울을 벗어날 수 있을지가 문제였다. 천 원짜리 한 장이면 버스 타고 서울을 벗어날 수 있었다. 하지만 나는 십 원 한 장 없었다. 출발한 지 5분도 채 안 되어 땡전 한 푼 없이 나온 게 후회되었다. '단 몇천 원이라도 챙겨뒀다가 가지고 나올걸' 생각했다. 앞으로 보름 동안 고생길이 훤했다. 성북동 수도원을 나와 삼선교역으로 걸어가면서 지나가는 사람들의 얼굴을 살폈다. 누가 돈을 잘 주게 생겼는지 보는 것이었다. 지나다니는 사람이 많지 않았다. 마주 오는 사람이 눈에 띄었다. 나보다 서너 살 많은 누님으로 보였다. 다짜고짜 90도로 인사하고는 버스비가 없으니 오백 원만 얻을 수 없느냐고 물었다. 깜짝 놀란 표정이었지만 이내 주머니에서 천 원짜리 한 장을 꺼내 주었다. 나는 천 원을 받으며 재차 90도 인사를 했다. 마음이 갑자기 든든해졌다. 겨우 천 원 한 장이 사람의 마음을 이렇게 가볍게 할 수 있다는 걸 처음 알았다.

어렵게 얻은 돈을 쉽게 써버릴 수는 없었다. 버스에 올라타서 기사님께 돈이 없으니 그냥 태워달라고 부탁했다. 그는 날 위아래로 한 번 보더니 고갯짓으로 타라는 신호를 보냈다. 그렇게 버스를 타고 청량리역으로 갔다. 아직 점심시간 전이었지만, 배가 고팠다. 먹고 자는 것이 보장되지 않으니 배고픔이 더 크게 느껴지는 듯했다. 천 원으로 버스 정류장에서 빵을 하나 사 먹었다. 빵 봉지를 뜯고는 물도 없이 먹었다. 그때 내 또래 대학생들이 여행객 차림으로 내 앞을 지나갔다. 먹을 것이 잔뜩 든 가방을 들고 알록달록한 티셔츠에 모자를 쓰고, 청량리역으로 우르르 들어갔다. 수도원에 들어오지 않았더라면 나의 첫 대학 생활 여름은 저랬을 것이었다. 내가 어쩌다 이런 모습으로 빵을 씹으며 앉아 있는지 처량했다. 그러나 그 순간에도 감성 놀음에 오래 빠져 있을 여유는 없었다. 당장 또 구걸해서 오늘 중으로 서울을 빠져나가야 했다.

다시 버스를 얻어 타고 팔당댐을 거쳐 양수리에 도착했다. 양수리 외곽 도로에 이르자 더는 버스를 얻어 타기 어려웠다. 히치하

이킹을 하려고 지나가는 차들 앞에 한참 서 있다가 겨우 어떤 아저씨와 마주쳤다. 무조건 인사했다. 무전여행 하는 학생인데 밥 사 먹을 돈이 없다고 말했다. 배가 너무 고팠다. 그는 내 얼굴과 가벼운 옷차림을 보더니 거짓말하지 말라고 했다. 자기 젊은 시절에야 무전여행 하던 청년들이 있었지만, 요즘 같은 때에 어느 부모가 무전여행을 허락하느냐는 것이었다. 가출한 학생 같은데 빨리 집으로 돌아가라고 했다. 부모님 걱정하시니 무조건 잘못했다 하고 당장이라도 택시 잡아서 타고 가라며 이만 원을 손에 쥐어주셨다. 우와! 이만 원이었다. 잠시 가출 학생으로 훈계받은 값치고는 꽤 괜찮았다. 마음속으로 '오 마이 갓 땡큐'를 외치며 아저씨께 고개 숙여 인사했다. 아저씨의 표정에는 진심 어린 걱정이 가득했다.

거금이 손에 들어왔지만, 막상 주변에는 음식점도 버스 정류장도 없었다. 무작정 길가를 따라 걷다가 조그만 마을로 들어섰다. 풍수원 성당이라는 푯말이 보였다. 당초 계획한 장소는 아니었다. 이미 오후가 훌쩍 넘어 저녁 땅거미가 드리우고 있었다. 이 마을에서 하루 묵어야겠다고 생각했다. 정 잘 만한 곳이 없으면 성당 의자에서 하룻밤을 보낼 작정이었다.

마을을 지나가다 문이 열린 집으로 일단 들어갔다. 그곳에는 할머니 두 분이 계셨다. 밥을 먹을 수 없겠느냐는 내 물음에 그분들은 기꺼이 먹고 가라고 하셨다. 그렇게 마루 안쪽에 앉아서 기다리는데 10분이 지나도록 두 분은 대화만 나누셨다. 이상했지만 가만히 앉아 있는 것 말고는 할 게 없었다. 잠시 후 할머니 중 한 분이 내게 왜 밥을 안 먹느냐고 물으셨다. 무슨 말인지 몰라서, 밥이 없다고 하자 어서 도시락을 꺼내 먹으라고 하셨다. 그제야 알아들었다. 두 분은 내가 도시락을 가지고 있는 줄 안 것이었다. 도시락이 없다고 하자 새삼 놀란 표정으로 나를 보더니, 따뜻한 된장국과 밥 한 그릇을 금새 내오셨다. 그러고는 허겁지겁 먹고 일어서는 내게 한마디 하셨다. 집 나온 학생 같은데 어서 집으로 돌아가라고. 정중히 감사 인사를 드리고 풍수원 성당으로 가서 잠시 앉았다. 성당이 무척 오래되어 보였다. 풍수원 성당이 역사적으로 꽤 가치 있는 곳이라는 건 나중에 알았다.

성당에 앉아서 조용히 하루를 되돌아보았다. 아무것도 가진 것이 없었지만 서울에서 멀리 떨어진 강원도 경계 지역까지 왔다. 걱정스러운 말도 들었고 따뜻한 밥도 얻어먹었다. 평소에는 느끼

기 어렵지만 이런 따스함이 세상을 지탱하는 힘이라는 사실을 깨
달았다. 정치와 경제로 돌아가는 세상일지라도 소박하고 따뜻한
기운들이야말로 진짜라고 생각했다.

성당 옆 사제관 벨을 눌렀다. 하룻밤 묵을 수 있을지 여쭙기 위
해서였다. 신부님이 외출 중이셨는지, 아무 답이 없었다. 그때 누
군가 성당으로 올라왔다. 이모뻘 되는 분이었다. 하룻밤 잘 곳을
찾는다고 말씀드리자 기꺼이 자기 집으로 나를 안내하고는 본인
은 마을 할머니 댁에서 자면 된다며 집을 비우셨다. 고마웠다. 무
전여행 첫날밤은 포근한 집에서 두 다리 쭉 뻗고 호강하며 잠을
잤다. 무전여행 하면서 그렇게 포근하게 잔 것은 그날이 처음이자
마지막이었다. 다음 날 아침 그 이모가 문을 두드렸다. 할머니 댁
에 밥 먹으러 가자는 것이었다. 그렇게 멋모르고 따라갔는데, 깜
짝 놀랐다. 내가 어제 점심을 얻어먹은 그 집이었다. 할머니는 가
출 학생이 아직도 집에 안 돌아갔느냐며 진심으로 걱정하셨다. 무
전 순례 여행 규칙상 신분을 밝히면 안 되었지만 너무 염려하시기
에 작은형제회 수사라고 말씀드렸다. 그래도 걱정되셨는지, 할머
니께서는 내가 자리를 나서자 재차 당부했다.

"어여 집으로 돌아가."

약 보름 동안의 무전여행은 많은 여운을 남겼다. 구걸해서 얻어먹고 잠자고 이동하는 것은 불안하고 힘들었지만 금방 익숙해졌다. 구걸하는 것은 부끄럽긴 해도 그렇게 어려운 일은 아니었다. 몇 번 하다 보니 금방 얼굴에 철판이 깔리는 듯했다. 오히려 무전여행으로 알게 된 건 살아가는 데 그리 많은 게 필요치 않다는 사실이었다. 또 많은 시간 혼자 걸으면서 나와 대면할 수 있었다. 홀로 오랫동안 길을 걷다가 갑자기 울음이 터져 나오기도 했다. 알게 모르게 상처받은 나를 위로하는 눈물이었다.

* † * † * † *　무전여행 하면서 종종 밤늦게 걸었다. 좀 무섭긴
해도 힘들지는 않았다. 한두 끼니 정도는 그냥
건너뛸 때가 많았다. 배가 많이 고프긴 해도 견딜
만했다. 하지만 지독한 가난 속에서 회색빛 음영
처리된 사람들을 만날 때면 삶에 대한 두려움이
몰려왔다.

두 번째 무전여행

군대 제대하고 수도원에 복귀해서 청원자 수사가 되자, 두 번째 무전여행이 날 기다리고 있었다. 군대 가기 전과 군대 다녀온 후에는 큰 차이가 있었다. 아무도 나를 가출 학생으로 보지 않았다. 한창 일할 나이에 무전여행이나 하는 한량으로 보는 게 일반적 시선이었다. 물론 일을 거들고 먹을 것이나 잠자리를 얻을 수는 있었다. 하지만 일자리를 찾는 데 목적을 두지 않았다. 한두 끼니 안 먹으면 되었고, 잘 곳이 없으면 노숙하면 그만이었다. 첫 번째 무전여행에서는 먹고 자는 것에 묶여 있었다면, 두 번째 무전여행 때 내게 중요한 건 '혼자 있는 시간'이었다. 혼자 있음은 주변에 사람이 많고 적음이 문제가 아니었다. 번화한 골목이나 시장통을 지나도, 인적이 드문 산길이나 논두렁길을 지나도 똑같았다. 어디 가든 나는 거기 가만히 있었고, 주변의 모든 것이 스치듯 지나갔다.

내 속에 빠진 채 걷다가 정신을 차려보니 어느새 해가 져서 어
두컴컴해졌다. 어둠을 인식하자 배고픔이 밀려왔다. 인적 드문 길
이었고, 불 켜져 있는 집도 보이지 않았다. 어지간하면 그냥 적당
히 자리 깔고 노숙했을 텐데, 배가 심하게 고팠다. 오늘 밤이 지나
기 전, 뭔가를 먹어야 했다. 그렇게 약 30분간 더 걷는데, 앞에서
누군가 비틀거리며 다가왔다. 간격이 가까워지자 술 냄새가 확 풍
겼다. 거하게 한잔하고 집으로 가는 모양이었다. 난 이미 많이 걸
었고, 술 취한 아저씨라도 놓치면 사람 만나기가 어려울 것 같았
다. 아저씨에게 말을 걸었다. 여행하는 학생인데, 아저씨 댁에서 하
룻밤 자고 가도 되겠느냐고 물었다. 또 저녁도 먹지 못했다고 말했
다. 그는 위아래로 나를 훑더니 말했다.

"같이 가자."

어디를 같이 가자는 건지 몰라도 일단 따라나섰다. 술 취한 아
저씨를 따라 10여 분간 걸어서 길모퉁이를 돌자 읍내가 나왔다.
그는 한 구멍가게로 날 데리고 들어갔다. 식당 주인과 잘 아는 듯,
날 조카라고 소개했다. 조카가 저녁을 못 먹었으니 밥 한 그릇과

반찬 몇 가지를 내달라고 했다. 소주도 한 병 내달라고 했지만, 술은 나오지 않았다. 그러자 아저씨는 내게 다짜고짜 돈이 있느냐고 물었다. 낮에 차를 태워준 트럭 기사에게서 얻은 2천 원이 있었다. 이게 전부라며 꺼내 보이자 그거면 충분하다며 돈을 빼앗다시피 들고 나가서 어디선가 소주를 사들고 왔다. 식당 주인은 또 술이냐며 나무랐지만, 그는 아랑곳하지 않고, 술잔을 내달라며 오히려 큰소리를 쳤다. 내게 밥을 먹여주러 왔다기보다 술을 더 마시기 위해 나를 데려온 것 같았다. 어찌 되었든 나는 아저씨와 같이 한잔하며 금방 밥 한 그릇을 뚝딱 비웠다. 배도 따뜻해지고 졸음이 왔다.

　그가 화장실에 다녀오겠다며 자리를 비우자 식당 주인이 다가와서 내게 정말 조카가 맞느냐고 물었다. 솔직히 조카는 아니고 여행하는 학생인데 잘 곳이 필요해서 아저씨께 부탁을 드렸다고 했다. 식당 주인은 조카가 아닐 줄 알았다며, 만일 조카였다면 아저씨 가족들이 어디서 무얼 하며 지내는지 물어보려 했다고 말했다. 그 말인즉, 원래 딸이 둘 있고 아내도 있었는데 1년 전, 갑자기 다 같이 집을 나갔다는 것이었다. 맨날 술 마시고 도박하고 때리기나 하니, 도망친 거라고 했다. 그래도 이웃이라고 가끔 찾아오면

밥이라도 먹여서 보내는데 술버릇이 점점 심해지고 있다고 덧붙
였다.

　잠시 후 화장실에서 돌아온 그가, 자기 집에서 재워줄 테니 걱
정 말고 따라오라고 했다. 솔직히 걱정되었다. 술버릇이 도져서 나
를 때릴지도 모른다는 생각이 들었다. 보나 마나 집은 엉망일 것
같았다. 아저씨는 시골 신작로에서 제법 떨어진 곳, 불 꺼진 집으
로 나를 데리고 들어갔다. 대문은 곧 떨어질 듯 간신히 매달려 있
었다. 현관문을 열자 아저씨는 초를 찾았다. 전기가 끊겼다고 했
다. 마루에는 온갖 잡동사니와 쓰레기가 가득했다. 그 난장판 속
에서 초를 찾기란 불가능했다. 내가 가방에서 라이터를 꺼내 불을
켰다. 흔들리는 불빛 너머로 너저분한 것들이 보였다. 박살 난 가
족사진과 깨진 유리 조각들, 유리 조각 사이로 회색 먼지가 솜뭉
치처럼 굴러다녔다. 가까이 다가가 사진을 비춰보니 장성한 두 딸
과 아내, 그리고 아저씨가 그 속에 있었다. 행복해 보였다. 어떤 연
유로 이렇게까지 되었는지 모르지만 가슴이 아팠다. 그는 뭐라고
혼자 중얼거리더니 방 한구석에 웅크리고 잠이 들었다.

나도 물건들을 대충 한쪽에 몰아놓고 누웠다. 모기가 너무 많았다. 잡아도 잡아도 끝이 없었다. 녹슨 창문은 아무리 힘을 줘도 닫히지 않았다. 방충망이 너덜너덜 찢어진 채 흔들렸다. 이슬만 피할 수 있었지 거의 노숙이나 다름없었다. 담배 연기로 모기를 쫓을 수 있을까 싶어, 담배를 몇 개비 연속으로 피웠지만 별 도움이 안 되었다. 결국 점퍼를 얼굴에 뒤집어쓰고 다시 잠을 청했다. 그는 잠꼬대로 연신 욕을 해댔다. 나는 떼로 덤비는 모기와 폐허나 다름없는 음산한 분위기 속에서 거의 잠을 못 잤다.

가만히 선잠을 자다가 일어났다. 더 있는다고 아침밥을 얻어먹을 수 있을 것 같지도 않았다. 아침밥은커녕 모기 밥이 되어 죽을지도 모를 일이었다. 손목, 발목, 얼굴 등 살이란 살은 모조리 모기에 물려 퉁퉁 부었다. 그는 거칠게 코를 골았다. 이른 새벽이었고, 어스름이 밝아오고 있었다. 집안의 모습이 서서히 드러났다. 그는 외로움을 견디다 못해 앨범을 보면서 지낸 것 같았다. 집 구석구석에 가족사진이 흩어져 있었다. 사진만큼 소주병도 바닥에 널브러져 있었다. 먹다 남은 번데기 통조림에는 벌레들이 득실거렸다. 차라리 귀신 나올 것 같은 깜깜한 밤 풍경이 더 나았다. 새벽녘에 드

68

러난 집의 풍경에는 '절망'이라는 단어가 구석구석 박혀 깊숙이
뿌리 내린 듯했다.

마지막 남은 담배 몇 개비와 정말 배고플 때 먹으려고 아껴놓
은 초코파이 한 개를 그의 머리맡에 놓았다. 내가 가진 전부였다.
혼자 조용히 집을 나왔다. 너무나 절망적이어서 가슴이 아프지도
않았다. 무기력함이 벽을 타고 흘러서 내게 들어오는 듯했다.

아침 해가 밝아오는 새벽길을 그저 걸었다. 모기도 같이 걸었
다. 귓가에 새벽 모기가 우는 소리가 들렸지만 더는 달려들지 않
았다. 그 소리마저 무기력하게 느껴졌다. 오히려 내 가슴속에서 무
력감의 씨앗이 싹트는 소리가 더 크게 들리는 듯했다.

'삶이 온통 인고의 세월로 가득 찬 세상에서 내가 무얼 할 수
있을까?'

두려움과 우울감이 나를 덮쳤다. 밤사이 술 취한 아저씨의 절
망감이 내게 옮은 것 같았다. 그날 이후 세상의 그림자는 숙제처

럼 나를 각성시켰다. 어둠은 생각보다 무섭고 깊었으며 동시에 존

재감이 확연했다.

＊ † ＊ † ＊ † ＊ 어릴 적 이불 뒤집어쓰고 <전설의 고향>을 보았다.
죽은 망자들이 이승을 떠돌지 않고 저승으로
발길을 돌리게 하는 진정한 위로는 무엇일까?
나는 '망각'이라 생각했다. 그들은 기억의 잔상
속에서 헤매고 있었다. 기억에서 망각으로의
전환점은 죽음이 아니라 '내려놓음'이었다.

수도원 까마귀

매주 토요일 수도원 공동체 휴식이 있다. 저녁 묵주기도가 끝나면, 한곳에 모여 간단한 다과에 소주 한잔을 걸치며 대화를 한다. 주로 입담 좋은 형제 곁에 삼삼오오 모이는데, 이때 다양한 이야기가 오간다. 대부분 군대 다녀온 형제들이다 보니 두어 시간 이야기하다 보면 어느새 군대 이야기가 주류를 이룬다. 세상이나 수도원이나 남자들의 군대 이야기는 멈출 줄 모른다. 신기한 것은 군대 다녀온 형제들보다 방위 출신 형제들의 군대 이야기가 더욱 흥미진진하고 재미있다는 것이다. 거의 특수부대 수준이다. 그중 월남 스키부대에 근무했다는 한 베드로 형제의 이야기는 '뻥'인 줄 알면서도 늘 스릴 있었다.

더운 여름날이면 그 막강한 군대 시리즈가 밀리고, 새로운 주제가 등장한다. 수도원 납량특집 시리즈, 바로 무서운 이야기다.

수학여행 가면 학생들끼리 이불 뒤집어쓰고 이야기하는 수준도
있지만, 수도원 까마귀 이야기는 그중에서도 발군이었다. 더운 여
름날 어김없이 등장하는 수도원 까마귀의 이야기는 형제들의 생
생한 경험으로 구성되어 있어서 무서움이 극대화되었다. 이야기
배경은 성북동 수도원이다. 환경적으로 탁월했다. 오래된 건물은
곧 무너질 듯 두꺼운 금이 가 있고, 지하는 늘 습기 차고 어두웠
다. 특히 햇볕이 잘 들지 않는 북쪽 복도는 공포물을 양산하기에
매우 좋았다. 그중에 기억나는 이야기를 시작해보려 한다. 일명
'성북동 수도원 까마귀'라 불리는 검은 그림자에 관한 이야기다.
나도 직접 경험했고, 여러 형제들도 비슷한 경험을 했다. 물론 약
간의 과장이 있을 순 있지만, 많은 형제가 실제 경험한 믿기 어려
운 일이었다.

가끔 나타나 형제들을 얼음장처럼 만들어버린 검은 그림자의
정체를 우리는 '까마귀'라고 불렀다. 뭐라 단정 지을 수 없지만, 형
제들이 말하는 검은 그림자에는 공통점이 있었다. 키가 무척 컸으
며, 어두운 형체이고, 그것이 다가온 순간 가위눌린 듯 몸을 움직
일 수 없었다는 것이다.

내 경험부터 꺼내볼까 한다. 군대 제대하고 다시 수도원으로 돌아온 첫해였다. 청원기를 보내고 있었다. 제대한 지 얼마 안 되어 아직 각 잡힌 생활을 하고 있었다. 봄에서 여름으로 넘어가는 시기였고, 슬슬 더위가 온몸을 휘감았다. 당시 내 방은 어두운 2층 북쪽 방 그것도 맨 끝이었다. 영화에서도 보면 무서운 일은 늘 복도 끝방에서 일어난다. 창밖으로 성북동 길상사 올라가는 굽은 도로가 보이는 곳이었다. 그 도로를 따라 찬바람이 창문을 스쳤다. 밤에 창문을 열어놓으면 소쩍새 소리가 스산하게 들려왔다. 보통 두 명이 한방을 쓰지만 그 방은 좁아서 독방으로 사용했다. 예전에 형제들이 양호실처럼 약방으로 쓰던 방이었다. 약을 넣어둔 서랍장을 5층 다락방으로 옮기고, 그 자리에 삐걱대는 침대를 들여놓았다. 그래서 그 방 침대에 누우면 병원 수술실 소독약 냄새가 났다.

그날따라 유독 점심 먹고 졸음이 쏟아졌다. 오후 일과까지 시간이 있어서 방에 들어가 잠시 누웠다. 약품 냄새가 콧속을 맴돌았지만 개의치 않고 가만히 눈을 감았다. 이상하리만큼 피곤했다. 눕자마자 정신이 혼미해지며 잠에 빠져들었는데 문득 문밖에 뭔가 서 있는 느낌이 들었다. 그리고 그것을 알아차린 순간 검고 커다란 그림자가 문을 열지도 않고 거침없이 방으로 들어왔다. 상황을 빤히 보면서도 나는 몸을 움직일 수 없었다. 지독한 악몽을 꾸는 것 같았다. 손가락도 움직일 수 없었다. 내 배 위에 올라탄 검은 그림자는 목을 조르듯 나를 눌렀다. 뻣뻣한 통나무처럼 꼼짝도 할 수 없었다. 창가 너머로 평소와 다름없이 오토바이 지나가는 소리, 행인들이 떠드는 소리가 희미하게 들렸다. 소리를 지르려 해도 목소리가 나오지 않았다. 두려워서 나도 모르게 '성부와 성자와 성령의 이름으로 아멘'을 마음으로 중얼거렸다. 그러자 언제 그랬냐는 듯 나를 누르던 까마귀가 사라지고 몸이 풀렸다. 꿈이라 하기에는 방에 비치던 햇살과 창문 너머 들리는 일상의 소리가 너무도 현실적이었다. 잠시 그렇게 가만히 있다가 천천히 일어나서 수도원 성당으로 갔다. 그곳에서 검은 그림자를 위해 기도했다. 나를 누르던 그 손끝에서 검은 그림자의 한이 느껴졌기 때문이다.

이런 일은 비단 내게만 일어난 것이 아니었다. 당시 수도원의 다른 형제들도 비슷한 경험을 했다. 이 일은 어느새 수도원의 작은 일상 중 하나처럼 인식되기에 이르렀다.

동기인 엄 레오 형제도 비슷한 경험을 했다고 말했다.

"방에 누워 있는데 검은 그림자가 방에 들어온 거야. 그 순간 가위눌린 듯 도저히 움직일 수가 없었어. 내가 늘 묵주 반지를 끼고 있잖아. 그 와중에 묵주기도를 하면 될 거라 생각했지. 그런데 온몸이 마비된 것처럼 손가락 하나도 움직일 수가 없는 거야. 미치겠더라고. 정말 묵주 반지를 돌리려고 죽을 똥을 쌌다니까. 간신히 손가락 하나 움직여서 묵주 알을 하나 돌렸거든. 와, 그러자마자 바로 몸이 풀리는 거 있지. 까마귀가 순식간에 사라져버렸다니까. 니들도 묵주 반지를 끼고 다녀."

그는 이 이야기를 할 때면, 자신이 얼마나 가까스로 손가락을 움직였는지 정말 실감 나는 표정과 동작으로 보여주곤 했다.

다른 선배 형제들의 이야기도 있었다. 두 명의 형제가 동시에 목격한 사건이었다. 그리고 이 이야기는 시간이 지날수록 살이 더해져서 더 흥미진진해졌다. 기억나는 대로 떠올려보면 이렇다.

저녁 시간, 일과를 마친 수도원 저녁은 조용한 편이다. 음악에 관심 있는 형제는 오르간을 연습하고, 어떤 형제는 조용히 독서를 한다. 또는 소일거리를 찾아서 하기도 한다. 그렇게 끝기도[✝] 시간 전까지 자유롭게 자기가 하고 싶은 것을 하곤 했다. 평소와 다름없이 저녁 시간 전례 담당 형제가 다음 날 있을 미사 준비를 마치고 나오는데, 수도원 북쪽 캄캄한 복도에서 검은 그림자가 서성이는 걸 보았다. 처음에는 형제라고 생각했는데 그 키가 천장에 닿을 듯 너무 커서, 수도원 까마귀라는 것을 알아챘다. 너무 놀라 가만히 살펴보니 검은 그림자가 어느 방으로 들어갈지 기웃거리고 있었다. 그림자는 결정을 내린 듯 잠시 후 한 방으로 들어갔는데, 들어가자마자 바로 도망치듯 나와서 황급히 옆방으로 들어갔다. 이를 지켜보던 전례 담당 형제가 이상해서 검은 그림자가 처음 들어간 방문을 열어보았더니, 한 형제가 혼자 묵주기도를 하고 있었다. 묵주기도 하던 형제에게 자초지종을 설명하고 함께 바로 옆방을 찾았는데, 그곳에는 두 명의 형제가 있었다. 한 명은 책상에 앉아서 성서를 읽고 있었고, 다른 형제는 침대에 누워서 휴식을 취하고 있었다. 그런데 누워 있는 형제를 가만히 보니, 가위눌린 듯

✝ 잠들기 전 하는 기도로 수도원에서는 보통 밤 10시에
끝기도를 했다.

옴짝달싹 못 하고 끙끙대고 있는 것 아닌가. 전례 담당 형제가 황급히 다가가 그를 흔들어 깨우자, 자리에서 일어난 형제는 이렇게 말했다. 검은 그림자가 순식간에 자신을 눌러서 옆에 있는 형제를 부르려고 해도 말이 나오지 않았다고.

　마치 영화 또는 각색한 공포물에서나 나올 법한 이야기가 형제들 입에서 오르내리자, 당시 수도원 원장 형제님은 위령미사를 드렸다. 수도원을 떠나지 못하고 맴도는 영혼을 위한 미사였다. 그 이후부터는 수도원 까마귀를 목격했다는 이야기가 더는 나오지 않았다. 사실인지는 알 수 없으나, 성북동 수도원을 짓기 전 그 터에 무연고 묘가 있었다는 이야기가 형제들 입을 통해 전해졌다.

＊ † ＊ † ＊ † ＊ 심리적 관점에서 보면 수도원이란 공동체는
개개인이 어린 시절부터 간직해온 심리적 상처를
한데 모아놓은 백화점 같다. 그래서 많은 역동이
일어난다. 그 역동을 자신의 눈으로 직접 바라보게
도와준 것이 정신분석과 심리상담이었다.

꿈의 해석

1

수도원에서 정신분석과 심리상담이라는 것을 처음 접했다. 1997년도로 기억한다. 처음 심리상담이라는 말을 듣고 '왜 그런 걸 하나?' 하는 의문이 들었다. 당시 내가 알고 있는 심리학 지식 이란 혈액형을 가지고 성격을 유추하는 수준이었다. 그런 말도 안 되는 내용을 다루는 심리학이 수도 생활에 어떤 도움이 될지 솔 직히 의심스럽기만 했다.

상담은 수련기를 앞두고 약 8개월 동안 거의 매주 진행되었다. 서강대학교에서 심리학을 전공한 교수님이 방문했다. 형제들 다 섯 명을 묶어 집단 상담 형식으로 분석이 진행되었다. 놀라웠다. 심리상담을 통해 나 자신을 이해할 뿐 아니라 다른 형제들의 말, 행동 패턴 등의 근본 원인을 바라볼 수 있었다. 그렇게 근본 원인 을 알아차리자 지금까지 보지 못한 것을 볼 수 있는 또 하나의 눈이 생긴 기분이었다. 그간 이해가 되지 않던 타인의 행동과 말투가 가슴으로 이해되었다. 그 말과 행동이 그릇되어 보여도 전혀 문제 되지 않았다. 그제야 '있는 그대로 바라본다'라는 말의 의미를 알 게 되었다.

'바라봄'에는 참 신비한 힘이 있었다. 어떤 것을 해결하거나 바꾼 것이 아니었음에도, 단지 그 현상을 있는 그대로 바라보는 것만 으로도 상호 소통이 되었다. 인간 심리는 파헤치고 뒤집어 뜯어고 치는 것이 아닌 바라봄의 문제였음을 안 게 참으로 놀라운 경험이 었다. 실제로 정신분석을 통해 내면의 근본 문제를 해결하거나 없 앤 것이 아니었음에도, 그저 문제를 바라보는 것만으로 상당 부분 해소되었다. 믿음만으로 해결된다는 맹목적 신앙이나 기복의 굴 레에서 벗어난 순간이었다. 신앙은 듣지 못하는 것을 듣고, 바라보 지 못하던 것을 바라볼 수 있게 되는 순간 더욱 성숙할 수 있음을 알았다.

첫 번째 집단 상담을 진행하면서 교수님은 각자 첫 번째로 기 억나는 꿈이 뭐냐고 질문하셨다. 갑작스러운 꿈 이야기에 좀 황당

하긴 했지만, 근본 물음부터 시작하는 정신분석의 가장 전통적인
방법이었다. 집단 상담의 형식을 빌려 일종의 프로이트식 꿈 분석
을 실시한 것이다. 어릴 적에 꾼 가장 인상적인 꿈이, 성장하는 과
정 혹은 전체 삶에 영향을 끼치는 어떤 것을 반영한다는 사실은
내게 충격으로 다가왔다. 형제들은 솔직하게 자기 내면을 있는 그
대로 드러냈고, 우리는 함께 성심을 다해 접근해 들어갔다. 지금
되짚어 보면, 20년 혹은 30년을 같이 산 부부라 해도 그렇게 내면
을 깊이 있게 공유할 수 있을까 싶다.

내가 첫 번째로 기억하는 꿈은 네 살 또는 다섯 살 즈음 꾼 꿈
이다. 커다란 송충이같이 생긴 괴물이 방문으로 기어드는 꿈이었
다. 너무 놀라 발버둥 치다가 잠에서 깼다. 그러고는 외할머니를
찾았다. 외할머니를 부엌에서 발견한 나는 마음을 놓고 부엌 문지
방에 걸터앉았다. 외할머니는 아궁이에 불을 지피고 계셨다. 나는
그 모습을 물끄러미 바라봤다. 평화로웠다.

어린 시절 외할머니 손에서 컸다. 부모님은 시골 학교로 발령
받아 가 있었던 것으로 안다. 그래서 네 살 무렵이 되어서야 부모

님과 함께 지낼 수 있었다. 집단 꿈 분석을 통해 알게 된 사실은 나의 무의식이 외할머니를 어머니로 인식했다는 것이다. 외할머니와 함께 오손도손 살고 있는데 갑작스럽게 부모님과 함께 살게 되었다는 것은, 외할머니와의 이별을 뜻했다. 부모님과 함께 산다는 걸 내가 행복으로 받아들인 게 아니라 거대한 송충이가 몰려오는 것 같은 무서움으로 마주했다는 사실을 알게 되었다. 초등학교 시절 우리 가족이 분가해서 따로 살게 되었을 때, 집에 말도 하지 않고 하교 후 외할머니 댁으로 찾아간 것도 그래서였던 듯싶다. 단지 외할머니가 보고 싶어서 찾아갔을 뿐이라고 생각했지만, 내 무의식은 내 집으로 간 것이었다.

그렇게 유아기 시절 외할머니와 깊은 애착 관계가 형성되었다. 그러니 외할머니 댁을 떠나는 건 초등학교 1학년 아이가 감당하기에는 너무나도 큰 이별이었다. 그래서인지 고등학교를 졸업하고 막상 집을 떠나 수도원으로 가는 순간에도 부모를 떠나는 것은 그리 힘들지 않았다. 오히려 수도원 입회식 날, 차에 앉아서 울고 계시는 외할머니를 보고서야 가슴이 덜컥 내려앉았다. 내가 얼마나 큰일을 저지른 것인지 실감했다.

초중고 시절에 나는 모범생이었다. 어떤 일을 시작할 때 항상 부모님을 생각했다. 형제 중 첫째라는 이유도 있었겠지만, 근본 원인은 엄마(외할머니)를 떠나 새엄마(친엄마) 집에서 살아가야 했기 때문이다. 일종의 생존 전략이었다. 부모님은 이런 내 견해를 받아들이기 어려울뿐더러, 화를 내실지도 모른다. 그러나 나는 지금 부모를 탓하고자 내 무의식을 언급하는 게 아니다. 성장 과정에 이러한 영향이 있었음을 있는 그대로 드러내는 것뿐이다. 이 사실을 인정하고 바라보는 순간이 진짜 부모와 새로운 애착 관계를 형성하는 출발점이 될 수 있다. 그러한 견지에서 부모님이 아직 살아 계신다는 것은 큰 축복이 아닐 수 없다. 많은 경우, 부모와 진짜 관계를 형성해야 함을 안 순간에 이미 시간은 흘러 있다.

한번은 상담 중에 무심코 한마디를 내뱉었다. "완전군장을 메고 산을 오르는 군인같이 살아왔다"라는 표현이었다. 별로 심각하게 생각하고 한 표현은 아니었다. 내 나이 또래라면 누구든 졌을 만한 삶의 무게가 있었음을 드러냈을 뿐이다. 그런데 내 말을 들으신 상담 교수님의 눈에서 눈물이 한줄기 흘러내렸다. 그 눈물을 보는 순간 알아챌 수 있었다. 내가 어린 나이부터 너무 많은 짐을 짊어지고 걸어왔다는 사실이었다. 네 살 이후 외할머니 손에서 떨어져 부모님 손에 다시 맡겨진 순간부터 나는 완벽한 아이가 되어야 했다. 그 누구도 내게 그런 모습을 강요하지 않았음에도 나의 무의식은 그렇게 나를 채찍질했다. 늘 행군하듯 삶을 살았고, 그 무게를 당연하게 여겼다. 또 항상 극복해야 할 대상을 만들어서 그것을 넘었다. 영유아기 애착 대상자의 변화는 이렇게 무섭도록 집요하고 강하고 치명적이었다. 상담 교수님의 눈물 한 방울이 내 무의식적 억압을 의식으로 드러나게 하는 계기가 되었다. 나는 그간 힘들다고 말했어야 했다. 그런데 힘든 건지도 모른 채 살아왔다. 방으로 돌아가 한참을 울었다. 내가 나를 위해 흘린 첫 번째 기나긴 눈물이었다. 동시에 나를 자유롭게 만든 눈물이었다.

사람이 성숙해진다는 것은 어느 한곳에 고착된 내 무의식을 바라보고, 계속 흘러갈 수 있도록 길을 터주는 것이다. 단지 힘이 세지고, 신체가 발달하고, 능력을 갖추는 것은 눈에 보이는 성장일 뿐이었다. 아마도 수도원을 통해서 심리상담의 기회를 만나지 못했다면, 나는 지금도 완전군장을 메고 걸어가고 있었을지도 모른다.

＊ † ＊ † ＊ † ＊　군 생활에서 배운 것이 있다. 비겁하게 사는 것도 제법
괜찮다는 것이다. 원리와 원칙으로 사는 삶과 비겁하게
사는 삶을 선택하라면, 나는 망설임 없이 '비겁함'을
선택할 것이다. 비겁함에 깃든 인간의 나약함이 더
매력적으로 다가올 때가 많다.

비겁해도 괜찮아

수도원에 입회한 지 1년 후 군대에 입대했다. 수도자라 해서 국방의 의무를 피해 갈 수는 없다. 간혹 수사나 신부도 군대에 가느냐고 묻는 사람이 있는데, 당연히 수사나 신부라고 해서 국방의 의무를 소홀히 하지 않는다. 심지어 군종 신부⁺는 대부분 사병으로 제대한 후 신학 공부를 마친다. 그리고 사제서품을 받고 다시 재입대한다. 꿈에서조차 다시 가고 싶지 않은 군대를 두 번 다녀오는 것이다.

나는 수도원에 입회한 지 1년 만에 군대에 갔다. 사회에서는 대학교 2~3학년 마치고 가는 게 보통이지만 수도원에서는 영장만

⁺ 군인들의 종교 활동을 지원하는 신부.
　장교로 임관받아 군인 신분으로 활동한다.

나오면 바로 보내버린다. 그래서 나도 신학교 1학년 마치고 입대하게 되었다.

　때는 1월, 한겨울이었다. 훈련소 생활은 춥고 배가 고팠다. 밥은 충분히 줬지만 그래도 늘 배가 고팠다. 긴장감 때문이었다. 불과 1년 전만 해도 고등학생이었고, 군대는 아직 면일이라 생각하다가 막상 현실을 마주하니 무척 힘들었다. 그때 훈련소에서 나의 배고픔을 조금이나마 위로해준 것이 있었으니 초코파이였다. 일요일 종교 활동에 참여하면 받을 수 있었다.

　훈련소에서 맞이하는 첫 일요일, 종교 활동에 참석할 훈련병은 앞으로 나오라고 했다. 훈련병들이 갑자기 신앙심이 생겼는지 우르르 몰려나갔다. 일단 조교는 기독교 행사에 갈 사람부터 나오라고 했다. 나는 앞으로 나갔고 절반이 넘는 훈련병들이 동참했다. 우리는 열을 맞춰 조교를 따라 이동했다. 그런데 막상 가보니 기독교 행사란 개신교 교회에서 예배 보는 것이었다. 무심코 기독교를 천주교 성당 미사라고 착각했던 것이다. 다시 돌아갈 수도 없고 하는 수 없이 예배드리고 주 찬양 노래를 따라 불렀다. 그러자 군종 목사님이 이번 기수 훈련병들이 열정적으로 찬송가를 부른

다며 초코파이를 두 개씩 주셨다. 감동이었다. 초코파이를 두 개
나 받다니, 기적과 같은 일이었다. 게 눈 감추듯 먹어 치우고 돌아
왔다. 천주교 종교행사에 다녀온 훈련병들은 신부님이 초코파이
를 한 개밖에 주지 않았다고 했다. 나는 '하나님 할렐루야'를 외치
며 다음 일요일에도 교회를 나가리라 굳게 다짐했다.

그다음 일요일이 되었다. 초코파이 향기 나는 종교행사 시간
이 다시금 다가왔다. 기독교 행사 맨 앞줄에 서서 이동했고 교회
맨 첫 줄에 앉아 목이 터져라 찬송가를 불렀다. 역시 초코파이는
두 개가 주어졌다. 하나를 먹고 다른 하나는 건빵 주머니에 넣은
채 미소를 지으며 내무반으로 돌아왔다. 건빵 주머니에 초코파이
하나가 남아 있다는 사실이 너무도 행복했다. 사소한 것에 행복이
있음을 체험한 순간이었다.

그렇게 한참 주머니 속 초코파이를 만지작거리는데, 누군가 내
앞으로 다가왔다. 천주교 종교행사에 다녀온 훈련소 동기였다. 독
실한 가톨릭 신자인 듯했다. 나보고 가톨릭 신학생이라면서 어떻
게 성당에 안 가고 교회에 갔느냐고 했다. 그러면서 과거 우리 천
주교 순교성인들은 목숨 걸고 신앙을 지켰는데 너는 겨우 초코파

이 하나에 배신하느냐고 따지듯 물었다. 나는 초코파이를 꼭 쥐고 대답했다.

"배고파 잠시 이웃집 가서 초코파이 하나 더 얻어먹고 왔기로 나를 혼내실 쪼잔한 주님이 아니다. 내가 보기에는 너 같은 놈들이 신앙이란 이름으로 선량한 신자들에게 죄의식을 심어주는 율법주의자✝ 같은 놈이다. 빗발치는 총알 속에서 목숨 걸고 달려나가 전우를 구하는 게 군대에서 우리가 할 수 있는 천주교 순교자 정신이다. 너나 나나 국방 의무에 억지로 끌려온 몸이다. 자발적으로 다른 훈련소 동기를 위해 목숨 바칠 각오가 아니라면 함부로 거룩한 순교자들을 입에 담지 마라. 역겹다." 다음 주 일요일이 되자 그 훈련소 동기도 기꺼이 나를 따라서 교회로 나섰다.

그렇게 한 달이 지날 즈음, 귀한 정보를 입수했다. 훈련소에서 천주교 종교행사가 끝나면 군종 신부님이 신학생들을 따로 불러 제의실✝✝에서 담배를 한 대씩 피우게 해준다는 것이었다. 당시 훈

✝ 예수가 활동하던 시대, 유대인들은 반드시 율법을
지켜야 한다고 강조한 당시 종교 지도자들을 일컫는 말
✝✝ 미사 집전 전, 신부가 미사 예복을 갈아입는 장소

런소에서는 훈련소 소장이 모든 훈련병에게 금연 명령을 내린 상태였다. 그래서 한 달 넘게 훈련하면서 담배 구경도 못 했다. 나는 이제 본가로 돌아갈 때가 되었다고 생각했다. 아무리 초코파이가 그리워도 담배만은 못했다. 오랜만에 미사를 드리고 제의실에서 신부님이 나눠주는 담배를 받았다. 신부님이 손수 불을 붙여주셨고 한 달 만에 피우는 담배는 온몸으로 흡수되었다. 초코파이보다 더 행복했다. 나 말고 다른 서너 명의 신학생 훈련병이 더 있었다. 깜짝 놀랐다. 그중 한 명은 지난주까지 교회에서 나 못지않게 열심히 찬송가를 부르던 다른 중대 훈련병이었다. 서로 통성명을 안 해서 신학생인 줄 몰랐을 뿐이었다.

훈련소를 마치고 강원도 양구 백두산 부대, 휴전선 최전방에 배치받았다. 훈련소 조교가 나에게 지지리 백도 없는 것들이 그곳에 가는 거라고 조롱하듯 말했다. 처음에는 무슨 말인지 몰랐다. 대한민국에 양구라는 곳이 있는 줄도 몰랐다. 도착해서 보니 첩첩산중에 휴전선 철책이 있었고 3월 중순에도 눈이 소복하게 쌓여 있었다.

병장 달기 직전 백두산 성당 군종병으로 파견받았다. 수도자
신학생이라는 출신성분이 나를 그리로 가게 했다. 당시 대대장은
천주교 신자였다. 마침 사단 군종병이 제대할 때가 되어 나에게 파
견 의사를 물었다. 솔직히 나는 곧 병장이었기 때문에 아쉬울 것
은 없었다. 어차피 내무반에 많은 후임이 있었고, 나름 내 생활을
누릴 수 있었다. 그럼에도 성당 군종병으로 가겠다고 했다. 조금
편하게 군 생활 하고 싶어서가 아니었다. 다시 수도원으로 돌아갈
지 고민할 시간이 있어야 했다. 그러자면 성당에 조용히 앉아 있
을 시간이 필요했다. 군종병 생활이 그리 녹록하진 않았다. 혼자
성당 청소하고, 신부님 옷 다리고, 빨래하고, 식사 준비하고, 종교
행사 준비하다 보면 하루가 바쁘게 지나갔다. 그래도 짬짬이 성당
에 앉아서 멍때리고 있을 수 있다는 게 좋았다. 그러던 중에 제대
를 얼마 안 남기고 북한 잠수정이 동해안에서 좌초되었다. 좌초된
잠수함에서 나온 무장 공비가 북쪽으로 이동, 휴전선을 넘어서 북
으로 복귀할 거란 예상에 군에 비상이 걸렸다. 군종 신부님과 함
께 총 대신 초코파이와 커피 보온병을 들고 중동부 휴전선을 누
볐다. 신부님은 작전 중인 병사들에게 고해성사를 해주셨고, 나는
커피와 초코파이를 나눠줬다. 매복 중인 우리 병사가 있다면 비무

장지대 미확인 지뢰 지역까지도 찾아 들어갔다. 이등병 시절 휴전선 철책에 근무했던 경험이 초코파이 공수 작전에 큰 도움이 되었다. 훈련병 시절 교회에서 준 초코파이에 큰 위로를 받았기에, 힘들어도 초코파이를 최대한 많이 들고 작전 지역을 다녔다.

그러다가 원래 내가 근무하던 소속 부대 후임병들을 만나게 되었다. 오랫동안 야전에서 작전 중이라 몰골들이 말이 아니었다. 그 와중에 우리는 반가운 마음에 얼싸안고 농담을 던졌다.

"김 병장님, 전방까지 커피 배달을 다 해주시고, 앞으로 김 마담이라 부르겠습니다. 하하하."

그 녀석 머리통에 초코파이를 덤으로 몇 개 더 던져주며 야릇한 목소리로 말했다.

"그래, 섹시한 김 마담이 따라주는 커피라 생각하고 마셔라. 괜스레 졸다가 북으로 잡혀가지 말고."

시커먼 얼굴을 하고 초코파이를 먹으며 어린아이처럼 해맑게

웃는 대원들을 바라보았다. 그들이 모두 무사히 작전을 마치고 제
대하는 날까지 안전하기를 기도했다. 다행히 우리 부대는 특별한
사고 없이 전 대원이 작전을 마치고 복귀했다. 다른 부대는 전사한
전우들이 있었던 것으로 기억한다. 당시 작전 중 순직한 군인들이
세상에서 잊히지 않기를 바란다.

2

수련기

마주침의 시간

＊ † ＊ † ＊ † ＊   수도원은 거쳐야 할 기간이 많다. 그중 수련기는
대학 입학시험과 같다. 하지만 점수는 중요하지 않다.
중요한 것은 수련기를 거쳤느냐 그렇지 않았느냐다.
수련기는 거치는 것만으로도 충분한 가치가 있다.
수도원에 들어갔다면, 수도 생활에 뜻이 있든 없든
적어도 수련기까지는 마치기를 권한다.

똥 푸는 걸로 시작했다

수도원에 들어가서 지원기와 청원기를 마치면 '수련기'에 들어간다. 이 기간은 시련기라고도 불리는데, 1년 동안 외부와 모든 연락을 단절한 채 수도 생활을 본격적으로 익히고 '작은형제'로서 프란치스칸 영성을 깊이 있게 성찰하는 시기다. 이때 배운 영성으로 평생 빌어먹고 산다고 해도 과언이 아닐 정도로 철저히 교육받는다. 또 공식적으로 수도복을 입는다. 나 또한 선배들이 입던 수도복을 받아 입고 거울 앞에 섰다. 다소 빛바랜 갈색 수도복이 제법 잘 어울렸다. 수도복도 폼에 살고 폼에 죽는 '폼생폼사'였다.

같이 수련받는 이들을 수도원에서는 평생 '동기'라고 부른다. 마치 해병대 출신들이 만나면 몇 기인지 따져 묻듯, 형제들은 언제 수련받았는지가 기수가 된다. 1998년도에 수련을 함께 받은 우리 동기는 나를 포함해 다섯 명이었다. 우리는 자칭 '독수리 오

형제'였다. 똑똑한 모세, 단순함의 극치 레오, 작은 언니 루가, 큰 언니 테오필로가 있었다. 루가와 테오필로 형제는 동기 중 형님들이었지만 마음 씀씀이가 워낙 섬세해서 우리 사이에서는 작은 언니, 큰 언니로 통했다.

다섯 명이 열두 달을 채우려면 한 사람이 보통 2~3개월 정도 소임을 돌아가며 맡아야 했다. 각각 전례 담당, 농장 담당, 주방 담당, 손님방 담당, 반장 형제 등의 역할을 맡았다. 그중 수련기에 농장 소임을 맡았던 시간이 가장 가슴에 남는다. 추운 겨울에 농장 담당을 맡으면 별로 바쁘지 않다. 하지만 한창 농번기에 농장 담당이 되면 할 일이 끝없이 이어진다. 나는 농번기에 농장 담당을 맡았다. 아침 먹고 소임 시간이 되면 밭에 물 주는 일부터 시작했다. 수련소에 사과밭이 있었는데, 사과나무가 너무 오래되어서 거의 방치 수준이었기 때문에 따로 신경 쓸 일은 없었다.

농장 담당이 된 지 얼마 안 되어 시작한 일은 똥 푸는 일이었다. 식탁에서 식사 중에 호박 농사 이야기가 나왔다. 작년에도 밭에 호박을 심었는데 개똥으로만 채워 넣었더니 땅심이 없어서 작황이 시원찮았다는 것이다. 그러자 누군가 인분이 직방이라고 말했다. 결국 주방 도우미 아주머니 댁에 가서 똥을 퍼 오기로 결정했다. 주방 아주머니는 똥을 퍼가서 좋고, 우리는 밭이 기름지니 좋다며 다들 찬성했다. 한참을 좋다며 웃고 떠들다가 퍼뜩 깨달았다. 내가 농장 담당이었다. 농장 담당 된 지 얼마나 되었다고, 호박을 먹으면 얼마나 먹겠다고 이웃집 똥까지 퍼가며 키워야 하는지, 하늘도 참 무심했다. 며칠 뒤 독수리 오형제는 긴 장대에 바가지를 매달고는 손수레를 끌고 똥을 퍼 담았다. 적당한 간격으로 땅을 파서는 한 바가지씩 퍼부었다. 며칠 뒤 1년 동안 묵은 나무 잎사귀로 된 두엄을 그 위에 뿌리고 한 삽 한 삽 밭을 뒤집어엎었다. 참으로 그 향기는 진했다. 그해 호박은 만삭 여인들처럼 끝없는 대풍이었다.

농장의 새침데기는 고추밭이었다. 고추 농사는 은근히 할 일이 많았다. 일일이 지지대를 세우고 또 끈으로 묶어줘야 했다. 고추는 벌레에도 약하고 비가 오면 병에도 잘 걸리는 식물이었다. 또 고추밭에서는 늘 허리를 굽히고 일해야 해서 농사 내내 인내심이 요구되었다. 그래도 잘만 가꿔주면 끊임없이 결실이 맺히는 기특한 효자였다. 농장 소임이 끝나고 가을이 지나 빈 고추 줄기를 뽑아서 버릴 때, 일부러 다른 일을 택했다. 세심히 정성을 들였던 고추 줄기를 뽑는 게 참으로 미안했기 때문이다.

그해에는 처음으로 옥수수를 심어보았다. 약 200그루 정도였던 것으로 기억한다. 정말 잘 자랐다. 별로 손 델 것도 없이 쑥쑥 자랐다. 물만 주면 알아서 자라는 이쁜 것들이었다. 그렇게 옥수수 알이 영글기 시작할 무렵, 태풍이 지나갔다. 유독 키가 큰 옥수수밭만 쑥대밭이 되었다. 지지대가 없던 옥수수들은 헝클어진 머리처럼 뒤엉켰다. 다들 소임에 바빠 옥수수 살리는 일을 도울 일손이 부족했다. 동기 중에 제일 큰 언니인 테오필로 형제가 말뚝을 박고 줄을 연결하라고 조언했다. 그 줄에 쓰러진 옥수숫대를 걸쳐만 놓아도 다시 살아날 거라고 했다. 밭에 나가 살펴보았더니 절반 정도 살릴 수 있을 것 같았다. 창고에 가서 말뚝으로 쓸 만한 철제 기둥을 찾은 뒤, 해머를 써서 밭에 단단히 박았다. 무척 고됐지만 살리고 싶었다. 만신창이가 된 옥수수밭을 보자 가슴에 휑하니 구멍이 뚫린 듯했다. 아침마다 물만 주며 키운 옥수수였지만 어느새 정이 들었다. 농부의 심정이 이해되었다. 태풍으로 망가진

밭을 보며 망연자실하는 농부들을 뉴스에서 볼 때는 그냥 그런가 보다 했는데, 소임으로 농사를 맡았을 뿐임에도 넘어진 옥수수를 보니 가슴이 아팠다.

　말뚝으로 기둥을 세우고 줄을 연결해서 그 위에 넘어진 옥수수를 걸쳐 놓았다. 비를 머금은 옥수숫대가 너무 무거워서 줄이 자꾸 끊어지곤 했다. 지쳐서 주저앉고 싶었다. 창고에 가서 쓸 만한 줄이 없는지 살피다가 오래된 전깃줄을 발견했다. 그것을 가지고 다시 시작했다. 전깃줄 세 가닥을 꼬아서 말뚝에 연결했다. 다행히 전깃줄은 옥수수 더미의 무게를 견뎠다. 그런데 이번에는 말뚝이 견디지 못하고 뽑히거나 구부러졌다. 결국에는 말뚝을 다시 박고 말뚝 주변에 버팀줄을 연결해서 땅에 박았다. 그러고 나서야 간신히 옥수수 절반가량을 줄 위에 비스듬히 누일 수 있었다. 그 뒤로는 남은 옥수수 줄기를 낫으로 베어냈다. 다른 방도가 없었다. 미안했지만 인생이란 그런 것 같았다. 아무리 내가 계획해도 하늘은 무심히 그 계획을 흩어버린다. 운명의 장난이라는 말이 머릿속에 맴돌았다.

농장 소임 중에는 개를 돌보는 일도 있었다. 예전에는 염소와 닭도 키웠다고 하니 우리는 그나마 양반이었다. 이른 새벽부터 염소젖을 짜야 했다는 과거 선배 형제들의 이야기는 듣기만 해도 힘들었다.

복날이 되려면 아직 멀었는데 개를 잡으라는 명령이 떨어졌다. 독수리 오형제 중 누구도 개를 잡아본 적이 없었다. 어릴 적 할아버지를 따라간 산에서 개 잡는 걸 본 적은 있었으나, 그렇다고 밥 주던 개를 직접 잡기란 참 난감했다. 결국 큰 언니인 김 테오필로 형제가 주도하기로 했다. 그때는 언니가 아니라 정말 큰 형님 같았다. 최대한 개의 고통을 줄이려 애쓰다 보니 번번히 놓치고 말았다. 죽을 고비를 넘긴 누렁이가 필사적으로 도망가는 걸 다시 잡기란 어려웠다. 그때 테오필로 형제가 한 손에 먹이를 들고 다시 멍멍이 이름을 불렀다. 그랬더니 도망가기를 멈추고 꼬리를 흔들며 다가왔다. 나중에 형제들과 이야기할 때, 테오필로 형제는 그 순간이 가장 가슴이 아팠다고 했다. 자기를 죽이려 하는 우리가 부른다고 다가오는 누렁이의 천진난만한 눈동자를 잊을 수 없다고. 그날 이후 우리 독수리 오형제는, 다른 건 몰라도 개를 잡으라는 명령에는 순종하지 않기로 마음을 모았다.

동기 형제들과의 추억은 수련기 1년 동안 가장 많다. 아무래도 서로 한 공간에서 부딪히며 깎이고 배울 일이 많아서일 것이다. 나중에 서약하고 한 명의 수사로서 소임이 주어지면 같은 공동체에서 살아도 각자 일에 바빠서 만나기 어렵다. 그래서 수련기를 수도 생활의 꽃이라고 부른다. 외부 사목활동 없이, 오직 수도 생활에만 전념하는 특별 보장 기간 같은 시기이기 때문이다. 후에 한 심리학 전공 교수님이 수도원에 방문해서 한 말이 기억난다. 수도 생활이 특별히 부럽지는 않은데, 1년 동안의 수련기는 탐난다고. 그분이 똥을 퍼보고도 그렇게 말할 수 있을까 싶지만, 똥을 푼다 해도 수련기는 탐낼 만한 기간임을 인정한다.

"땅속 깊이 박힌 보석은 깊게 파야 얻을 수 있다. 다른 방도는 없다."

돌아가신 어느 노 수사님의 강의 중 말씀이다. 수련기는 한곳을 깊게 팔 수 있도록 시간과 공간을 보장하는 특별한 시기다.

＊ † ＊ † ＊ † ＊ 꿈속에 등장하는 나는 변신술을 사용한다. 내가 아닌 다른 대상이 되어 나에 대해 설명한다. 피고석에 앉아 자신에 대해 변론하는 이를 바라보는 기분으로 나는 내 꿈을 바라본다. 오늘도 내 꿈속에는 많은 검사와 변호사가 등장한다. 중요한 것은 그들의 변론이 아니라 그걸 듣고 있는 진짜 '나'를 찾는 것이다.

꿈의 해석
2

    꿈은 깊은 상징을 내포한다. 꿈속 등장인물은 꿈속에서 등장한 사람이 아닌, 다른 사람 혹은 어떤 사건을 표상하기도 한다. 여기서는 수도원에서 꾼 두 가지 인상 깊었던 꿈을 되짚어 보려 한다. 정확한 해석은 어려워도 나에게 무의식적 메시지를 던져준 것임에 틀림없기 때문이다. 내가 나에게 던지는 가장 강력한 메시지가 그 꿈속에 있었다는 걸 시간이 지날수록 알 것 같다.

    수련기에 들어간 지 한 달도 안 된 어느 날이었다. 특별한 사건이 있었던 날도 아니었다. 그저 평소처럼 수도원 소임으로 하루를 보낸 후 잠을 잤다. 그리고 꿈을 꾸었다. 꿈속에서 나는 수도원 어느 방에 누워 있었다. 거의 발가벗겨진 채였다. 고통스러운 듯 숨을 몰아쉬고 있었다. 마치 곧 임종을 맞는 사람처럼 숨을 거칠게 쉬었다. 몸뚱이에는 온갖 상처와 흉터가 가득했다. 아주 오랫동안

씻지 못한 듯 무척 지저분했다. 아무것도 할 수 없이 죽음을 기다리는 만신창이 상태였다. 그런데 이상한 점이 있었다. 그렇게 쓰러져 있는 나를, 내가 천장에서 내려다보고 있었다. 내 의식이 육체에서 빠져나와서 고통스럽게 신음하는 나를 바라보았다. 그러다가 곧 내가 신음하는 나를 꼭 끌어안았다. 너무나 애련한 마음으로 꼭 끌어안았다. 가슴이 아팠다. 내가 누워 있는 나에게 한마디 했다.

"미안하다."

그러고는 다시 누워 있는 나를 끌어안았다. 그 순간 내 지친 몸은 고개를 떨구며 숨을 거두었다.

잠에서 깨어났다. 깨고 나서도 가슴이 아팠다. 만신창이가 되어 누운 내 모습이 잔상처럼 남아 있었다. 고통받으며 '숨을 헐떡이는 나'는 누구이고, 그런 나를 꼭 끌어안으며 '애통해했던 나'는 누구였을까? 의문이 꼬리를 물고 이어졌다. 왜 침대도 아닌 바닥에 누워 있었을까? 만약 누워 있는 사람이 나라면, 왜 그런 힘든 모습으로 등장했을까?

그 당시 내겐 무의식에 대한 개념이나 이해가 없었다. 단지 꿈이 어떤 상징을 품고 있다는 정도만 알고 있었다. 그 정도 수준에서 신앙적 측면에 중점을 두고 해석하려 애썼다. 육체와 영혼, 혹은 과거의 나와 작별을 고하고 다시금 새롭게 출발한다는 정도로 이해했다. 신앙적으로 말하면 일종의 '회개 과정'이 상징화되어 드러난 것이라 여겼다. 그리고 그 꿈을 마음속에 간직한 채 시간이 흘렀다.

25년이 지난 지금, 그 꿈을 다시 살펴본다. 신앙적이고 교의적 측면을 내려놓고 순전히 나 자신에 대한 무의식적 분석의 견지에서 접근한다. 나는 정신분석을 제대로 공부한 사람도 아니니 그저 나 자신을 성찰하고자 시도할 따름이다.

나는 수도원에 입회한 그날부터 늘 고민했다.

'수도자로 사는 것이 맞는 걸까?'

이 고민에는 무척 많은 실타래가 엉켜 있었다. 수도자가 된다는 것이 무엇인지 모른 채 입회했다. 입회해서 작은형제들과 살고 배우고 체험하면서 분명 그 매력을 맛보았다. 그 과정 중에 프란치스코처럼 살겠다고 들뜨기도 하고, 유약하고 유한한 나를 보면서 슬퍼하기도 했다. 그런데 계속 부족한 부분이 있었다. 그건 다름 아닌 '자신에 대한 무지'였다. 내가 진실로 무얼 원하는지 모르고 있었다. 그 모름이야말로 가장 큰 고통이었다. '자아의 욕구'에 대한 숙고 없이 종교적 신념이 먼저 자리 잡았다. 그 틀 안에서 학습하고 익히고 있었다. 이건 단지 수도원에 입회한 뒤의 양상이 아니라, 어릴 적부터 해온 일종의 관행이었다. 내가 누구인지도 모른 채, 나의 욕구를 자각하기도 전에 신앙이 덮어 씌워진 상황이었다. 그렇다고 누구를 탓할 수 있는 것도 아니었다. 중요한 것은 그런 상황을 수련기를 거치며 인지하기 시작했다는 것이다.

다시 꿈으로 돌아가서 살펴본다. 만신창이가 된 채 누워 있던 나는 앞만 보고 달려온 나였다. 나의 욕망, 욕구, 원의 등 '나'와 관련한 모든 것을 뒤로한 채 가야 할 현실만 보고 뛴 나였다. 천장에서 그런 나를 내려다본 나는 뭐라 표현하기 어렵지만 '의식된 자아'라고 말하고 싶다. 혹은 인간에게 부여된 '자각하는 시선'이라고 해도 좋겠다. 애련한 마음으로 나 자신을 바라보는 그 시선이야말로 유한한 현실을 있는 그대로 바라보는 일종의 경계선 상태였다. 이 시선은 매우 중요하다. 타인의 욕망에 휩쓸리지 않고 자아를 있는 그대로 바라보도록, 자각 상태를 유지하게 해준다. 보통 이 시선을 '메타인지'라고 하는데, 내 안의 메타인지가 꿈에서 형상화된 모습으로 나타난 것이었다. 나의 현 상황을 있는 그대로 바라보도록 한 그 꿈은 지금도 내게 작용하고 있다.

그 꿈 이후, 내 깊은 곳에서 일어나는 심리적 역동을 바라볼 때, 천장에서 나를 내려다보듯 메타인지 시선을 유지하려 애쓴다. 그 시선은 나를 둘러싼 가짜 욕망(타인의 욕망)에 머물지 않고 적어도 그 경계선 밖으로 발을 걸칠 수 있도록 돕는다. 그 경계선을 온전히 뛰어넘는 것은 내 몫이 아니다. 경험상 전적으로 주어지거나 혹은 도둑처럼 내게 덮친다. 내가 인간으로서 할 수 있는 일은 메타인지를 최대한 발휘해 그 경계선에 살짝 걸쳐 있는 것뿐이다.

또 다른 꿈이 하나 있다. 꿈이라고 하기에는 너무 현실적이어서 그때는 꿈인 줄도 몰랐다. 그리고 아직도 그것이 정말 꿈이었을까 하는 의구심이 든다. 상황은 이렇다.

수련기 넉 달쯤 지난 때였다. 당시 나는 현관 담당이었다. 현관 담당 소임의 일은 외부에서 걸려 오는 전화를 받는 것이다. 또 수도원 방문 손님을 맞이하고 그들이 머무르는 방을 청소하고 정리하는 일도 했다. 그래서 2층, 3층에 머무는 형제들과 달리 1층 현관 옆방에서 잠을 잤다. 평소와 다름없이 다소 바쁜 일상을 보내고 잠이 들었다. 새벽쯤이었다. 누군가 내 방문을 열고 들어왔다. 하얀 옷을 입은 남자였는데, 나보다 키가 약간 컸다. 수련소에서 함께 생활하고 있는 김 이시돌 형제라고 생각했다. 잠결에 물어보았다. "이시돌 형제님, 무슨 일이에요?" 하지만 그는 아무 대답도 없이 내 옆에 가만히 누워 나란히 천장을 바라봤다. 너무 졸렸다. 그냥 조금 누워 있다가 가려나 보다 하고 다시 잠이 들었다. 그런데 다시 잠이 들 때 마음이 무척 평온해짐을 느꼈다. 아침기도 종이 울리자 옆에 누워 있던 이시돌 형제는 조용히 일어나 문밖을 나서며 내게 말했다. 마치 오랜 여행을 떠나는 사람이 작별 인사를 하는 듯했다.

"야고보✝, 잘 있어."

잠시 후 정신을 차리고 수도복으로 갈아입고 평소처럼 아침기도를 하러 성당으로 올라갔다. 아침기도와 미사를 마치고 형제들이 다 같이 식당에서 식사했다. 식사를 하면서 이시돌 형제에게 물었다.

"이시돌 형제님, 왜 새벽에 내 방에 와서 자고 갔어요?"

그러자 이시돌 형제는 뭔 뚱딴지같은 소리를 하느냐는 듯 내게 말했다.

✤ 수련기 때까지 나는 수도원에서 '야고보'로 불렸다. 본래 나의 세례명이었다. 수도서약을 하면서 수도명으로 '가브리엘'을 선택했다. 일반적으로 말하는 대천사 가브리엘이었다. 내가 가브리엘을 선택한 이유는 가브리엘이라는 말의 뜻 때문이었다. 어원적으로 가브리엘은 '성인成人이 된다'라는 의미가 있다. 나는 서약을 하면서 어른이 되었다는 의미로 가브리엘을 택했다.

"야, 내가 새벽에 네 방에 왜 들어가냐?"

맞는 말이었다. 이시돌 형제가 새벽에 내 방에 내려와서 잘 이유가 없었다. 다시 생각해보니 하얀 옷을 입은 그 남자는 약간 키가 컸을 뿐 이시돌 형제가 아닌 듯했다. 꿈을 실제와 착각한 것 같았다. 당시는 이 꿈을 대수롭지 않게 생각했다. 지금 와서 되짚는 이유는 꿈속에서 느낀 편안함 때문이다. 그리고 내게 작별 인사를 한 하얀 옷을 입은 남자가 바로 나 자신이 아닐까 하는 의구심 때문이다. 그는 분명 나를 알고 있었고, 침대 내 자리에 나란히 누웠다. 나를 염려하면서도 이제 발길을 돌려야 할 때라는 듯 나를 떠났다. 마치 이제 자신의 할 일을 다했다는 듯 나를 떠났다.

만신창이가 된 나, 하얀 옷을 입고 등장한 나, 두 사람은 공통점이 있었다. 둘 다 수도원 내 방에 등장했다는 것이고, 둘 다 누워 있었다는 것이다. 그리고 나를 떠났다. 전혀 다른 모습으로 나타났지만, 둘의 등장은 분명 나에 대해 뭔가를 말해주고 있었다. 마치 변호사와 검사가 같은 법률 조항을 들고 나타나 다르게 해석하듯, 그 둘은 똑같은 나를 놓고 공방을 벌인 듯했다. 한쪽은 아주

115

비참한 육신의 모습으로, 다른 한쪽은 아주 곱고 청아한 천사의
옷을 입은 모습으로….

이제 그 둘을 모두 보낼 때가 되었다. 진짜 나는 그 둘을 바라
본 그 시선 속에 있었다. 그 시선을 유지하는 내가 바로 순수한 나
자체였다.

의미 있게 기억되는 꿈 두 가지를 모두 수련기 때 꾸었다는 사
실이 놀랍다. 의도하거나 의식적으로 마련한 것은 아니었다. 하지
만 오랜 역사를 지닌 수도 생활에서 수련기라는 기간은 내면 깊은
무의식을 표면에 드러나게 하는 기능이 있었다.

*　†　*　†　*　†　*　밥을 굶는 것 자체에는 큰 의미가 없었다. 다만 밥을
굶는 순간 드러나는 또 다른 욕망의 실체를 낱낱이
볼 수 있는 기회였다. 그것을 바라보는 일은 그리
유쾌하지 않았다. 담배 한 대 피우며 회피하고 싶은
것들이었다.

일주일 단식기도

수련기 시절 일주일간 단식을 했다. 단식 방법은 크게 두 가지로 나뉜다. 물 말고는 아무것도 먹지 않는 전단식과 물에 효소 같은 영양소가 든 음료만 마시면서 하는 효소 단식이 있다.

물만 마시는 전단식은 일상에서 수행하기 어렵다. 평소보다 기력이 몇 배나 떨어지기 때문이다. 특히 빠듯한 소임이 있거나 업무가 있는 경우에는 막대한 영향을 미친다. 그래서 맡은 일이 많으면 잘 권하지 않는다. 효소 단식 같은 경우는 음식을 먹고 싶다는 욕구는 강하지만 일상생활을 하는 데 별 지장이 없다. 몸에 기운이 어느 정도 유지된다.

작은형제회 형제 중, 정기적으로 단식하는 이들이 있다. 단식하고 나면 몸도 가벼워지고 집중력도 높아진다는 게 이유다. 건강상의 이유로 단식하는 경우도 있다. 심지어 누구는 단식으로 무좀까지 치료했다는 소문도 있었다. 또 어떤 형제는 산속에서 종신서약 피정 중에 전단식을 했는데, 피정 끝날 즈음 폭설에 길이 막혀서 진짜 굶어 죽을 뻔했다는 이야기가 형제들 사이에서 전설처럼 오르내리기도 했다.

수련기에 입문한 지 한 달쯤 되었을 무렵, 교회력으로 사순 기간⁺이 다가왔다. 수련 동기 다섯 명은 사순기에 맞춰 뭔가를 해보자고 의기투합했다. 우리 동기들은 제법 잘 뭉쳤고, 새로운 것을 시도하고자 하는 의욕이 강했다. 자칭 독수리 오형제는 수련소 휴게실에 모여서 일주일 동안 단식을 하기로 결정했다. 혼자 하기는 힘들지만 다섯 명이 같이 하면 가능할 거라는 판단이었다. 이왕 하는 것, 전단식으로 하기로 했다. 당시 수련장이셨던 오 바오로 형제님께 허락을 구하고 전단식에 들어갔다.

단식에 대해 아무것도 모른 채 무모하게 뛰어든 우리를 걱정하

⁺ 예수의 십자가 죽음을 기억하고 애도하는 기간

신 듯, 오 바오로 형제님은 차근히 단식의 과정을 알려주셨다. 일주일 전단식을 위해서는 시작 일주일 전부터 준비를 해야 하고, 단식이 끝난 후에는 단식한 기간의 두 배, 즉 2주일 정도의 보식 기간[+]이 있음을 알려주셨다. 당시 우리 귀에는 그런 설명이 잘 안 들렸다. 일단 시작하기로 했으니 하루라도 빨리 시작하고 싶었다. 물론 교육받은 대로 정해진 과정과 절차에 따라야 했다.

우선 본격적 단식에 앞서 일주일 동안 절식에 들어갔다. 먹는 양을 서서히 줄이는 것이었다. 처음 이삼일 동안 식사량을 조금씩 줄여나갔다. 식사 횟수도 줄였다. 전단식 전날에는 소량의 한 끼 식사만 해야 했다. 그래도 견딜 만했다. 곧 전단식에 들어간다는 기대감에 내일이 기다려지기까지 했다. 하지만 전단식 첫날이 시작되자 상상 이상의 힘겨움이 우리를 기다렸다.

[+] 단식 후 갑자기 음식을 섭취하면 몸에 무리가 가기 때문에, 단식 기간의 두 배 되는 기간 동안 천천히 음식량을 늘려간다. 이 기간을 보식 기간이라고 부른다.

단식이 시작되자 수련장 형제님은 우리에게 '마그밀'[+]을 다섯 알씩 주셨다. 내장의 묵은 변을 비워내라 했다. 아무것도 모른 채 마그밀을 먹은 그날 밤, 우리는 수련소 화장실 변기를 붙잡고 있어야 했다. 밤새 몇 번씩 화장실을 들락거리며 속을 비워냈는데, 바로 옆 칸에서 끙끙대는 형제들의 앓는 소리를 들을 수 있었다. 화장실 변기 문에서 부들부들하는 진동이 느껴졌다.

전단식 이틀이 지나자 층계 오르기가 무서웠다. 다리에 힘이 하나도 없고 주저앉고 싶은 생각이 간절했다. 단식하면 정신이 맑아지고 몸이 가벼워진다는 말은 다 거짓말 같았다. 그저 기운이 없고 어지러워서 고통스러웠다. 배고픔이 얼마나 고통스러운지 실감할 뿐이었다.

삼일이 지나자 어느덧 안정이 찾아왔다. 기력은 없었지만 고통은 사라졌다. 또 희망이 있었다. 며칠만 더 견디면 음식을 먹을 수 있다는 기대감이었다. 우리는 툭하면 휴게실에 모여 음식 이야기

[+] 변을 묽게 해 숙변을 제거하는 약

를 했다. 라면 먹고 싶고, 짜장면 먹고 싶고, 된장국에 밥 말아서 세 그릇은 먹을 수 있을 것 같다는 이야기가 오고 갔다. 5일째 지나자 모세 형제가 이런 말을 했다.

"나뭇잎에 간장만 찍어 먹어도 정말 소원이 없겠다."

다들 동의했다. 일주일 단식은 사순 기간 예수의 십자가 고통을 생각하기보다 내 안에 있는 식욕의 정체를 낱낱이 들춰내는 기간이었다. 그런데 진짜 식욕의 정체는 아직 드러나지 않았다. 우리는 그것을 모르고 있었다.

한 명의 낙오자도 없이 물만 마시는 일주일의 전단식이 무사히 끝났다. 그다음 날, 우리는 전투에 승리한 병사들처럼 의기양양하게 아침 식사를 하러 식당으로 내려갔다. 그런데 식탁에 놓인 음식은 작은 김 한 장과 티스푼으로 한 수저 될까 말까 한 간장이 전부였다. 충격이었다. 이제 뭔가를 먹을 수 있다는 안도와 기대감에 모든 의지를 내려놓은 상태였다. 그런데 한 끼 식사가 맹맹한 날김 한 장과 간장 몇 방울이 전부라는 사실은 절망에 가까웠다. 그마

저도 아주 천천히 오랫동안 먹어야 했다. 일주일 단식을 끝낸 날 첫 식사는 그렇게 끝이 났고, 그날 하루 역시 물 말고는 아무것도 먹지 못했다. 그러한 보식 기간을 2주 더 견뎌야 했다. 이삼일이 지나서 몇 장의 김이 더 추가되었을 뿐, 음식다운 음식을 먹는 날은 결코 오지 않을 것 같았다. 약 사나흘 정도 지나자 멀건 미음이 제공되었다.

독수리 오형제는 휴게실에 모여 다짐했다. 다시는 단식을 하지 말자고 굳게 결의했다. 중국 무협지 의형제들이 모여 대의를 논하듯 결단코 단식하지 않기로 맹세했다. 단식은 아무나 하는 것이 아니었다. 그리고 2주일 보식이 끝나는 날, 소풍을 가기로 했다. 수련소에서는 한 달에 한 번 수련 형제들의 나들이를 허락했는데, 그날을 보식 끝나는 날에 맞추었다. 요지는 간단했다. 보식 끝나는 날 먹을 것을 잔뜩 싸 들고 나가서 실컷 먹자는 것이었다.

그렇게 우여곡절 끝에 보식 기간도 마치고, 우리는 가방에 삼겹살과 소주, 온갖 과자를 종류별로 채워 넣고는 가까운 공원으로 갔다. 공원에 돗자리를 펴고 앉아 아침 9시부터 오후 3시까지

고기를 구워 먹었다. 끝도 없이 들어갔다. 배가 터질 것 같았지만 계속 먹었다. 더는 먹을 수 없게 되었을 때 돗자리에 누워서 하늘을 바라보며 감사의 노래를 불렀다. 우리는 결론 내렸다. 역시 거지들[+]은 거지답게 주어지는 대로 잘 먹어야 뭔 일이든 할 수 있다는 것이었다.

그런데 이상한 일이 일어났다. 그렇게 힘들고 고통스러워서 다시는 하지 않기로 한 단식을 형제들은 개인적으로 다시 또 하곤 했다. 수련소에서는 그렇게 해프닝처럼 끝났지만, 유기서원 기간 혹은 종신서원 하고서 본인이 필요하다고 생각하는 기간에 스스로 알아서 단식했다. 나도 그 일이 있고 나서 가끔 단식을 했다. 수도원을 떠난 지금도 가끔 단식한다. 전단식을 할 수 없을 때는 효소 단식을 했다. 단식에도 일종의 중독성이 있는 것 같다.

그 중독성이란 죽음에 대한 간접 체험이다. 끼니를 끊는다는 건 몸이 죽어가는 것이다. 육신의 한계와 그 너머 찾아오는 죽음

[+] 옛 프란치스칸 탁발 수도승을 빗대어 표현한 말

을 미리 맛보는 것이었다. 한없이 무기력해지는 육체를 바라보는 정신의 눈은 마치 메타인지처럼 그 과정을 묵묵히 인지하고 받아들인다. 일상 안에서 그 기억을 떠올리고 지금 머무는 이 자리에서 흔적도 없이 사라질 자아를 상기시킨다. 이런 경험이 지금 쥐고 있는 것을 내려놓는 일을 좀 더 쉽게 만들어준다.

* † * † * † * 각오는 하고 있었다. 7월 더위를 시작으로 8월의
무더위가 계속 이어지는 세상이 될 수도 있다고
생각했다. 아무런 준비 없이 세상에 들어서는 것은
광야에 떠도는 유목민과 다를 것이 없었다.
무모하게도 단 하나만 보았다. 바로 동지同志였다.

동지를 만나다

아내와 나는 서로를 동지라 부른다. 우리는 수련자 모임에서 처음 만났다. 프란치스칸 정신으로 생활하는 다른 수도회 수련기 수도자들의 모임이었다. 1년에 한 번 있으며, 보통 3박 4일 정도 친교 시간을 가졌다. 당시 아내는 다른 프란치스칸 수도회 소속 수녀였다.

경남 산청 성심원 나환우 마을 공동체에서 모임이 있었다. 나와 모세 형제는 모임이 있기 전 각 수도회 명단을 받아서 그룹을 만드는 사전 작업을 진행했다. 수도회별로 골고루 인원을 배분하는 일이었다. 각 수도회 수련자의 인원수에 맞춰 무작위로 그룹을 채웠는데, 그때 아내가 나와 한 그룹으로 배정되었다. 당시 같은 그룹에 배정된 누군가가 내 반려자가 되리라고는 상상도 할 수 없었다.

처음 아내를 봤던 때를 기억한다. 수녀라고 하기에는 거친 장
난을 좋아하고 웃음이 참 많았다. 조금 전까지 흙장난하던 손으
로 오디 열매를 따서 내게 맛있는 거라며 쑥 내미는 통에 당황했
다. 오디가 뭔지도 몰랐고, 정말 먹으라고 주는 건지 장난인지 구
분이 안 되었다. 쭈뼛쭈뼛 하나 받아서 먹는 둥 마는 둥 하는 사
이 오디 한 움큼을 시원스레 자기 입속에 털어 넣고는 금방 다른
데 관심이 있는지 막 뛰어가버렸다. 앞으로 3박 4일 동안 같은 그
룹으로 활동하려면 참 대책 없겠다는 생각이 들었다. 나중에 결혼
하고서 아내에게 들은 말이지만 그때 내 첫 모습은 오디가 뭔지도
모르는 샌님, 재미 하나도 없는 '범생이' 같았다고 했다. 우리는 그
렇게 서로 첫눈에 반한 사이는 아니었다.

수련자 모임 일정은 여유가 있었다. 특히 식사 시간 후에는 산
책할 수 있을 정도의 시간이 주어졌다. 둘째 날이었던 것 같다. 점
심 식사 마치고 마을에서 낚싯대를 하나 얻었다. 산청 성심원 바
로 앞, 흐르는 강가로 낚시하러 걸어 내려갔다. 그때 플로렌시아(수
도명)는 산책을 하다가 나와 마주쳤다. 낚시하러 가는데 혹시 같이
가겠느냐고 인사차 물었는데, 정말 따라올 줄은 몰랐다. 플로렌시

아는 재미있을 것 같다며 총총걸음으로 따라나섰다.

 강가에 도착해서 낚시할 때 앉을 만한 곳을 찾은 뒤 흙먼지를 털어내는데, 플로렌시아는 아무래도 상관없다는 듯 그냥 바위 위에 털썩 자리를 잡았다. 옷에 먼지가 묻을지 어쩔지는 별로 신경 쓰지 않는 모습이었다. 어서 낚시하는 거나 보여달라며 잔뜩 기대에 차 있었다. 나는 옆에 자리를 잡고 앉아 날벌레 형태의 모형 미끼를 보여줬다. 깜짝 놀라며 뭐 이런 걸로 미끼를 쓰느냐고 징그러워 할 줄 알았는데, 오히려 신기하다며 정말 이런 걸로 물고기를 잡을 수 있느냐고 궁금해했다. 거의 초등학생 수준의 왕성한 호기심이었다. 이런 미끼를 사용하는 것을 '파리낚시'라고 설명해주고 흐르는 강으로 낚싯줄을 던졌다. 날벌레 모양의 미끼는 하늘을 날 듯 잠시 허공에 떠 있다가 강물로 살포시 떨어졌다. 사실 그렇게 떨어지고 몇 번 벌레가 퍼덕이듯 살살 움직여주면 물고기가 물어야 하는데, 그날은 한 마리도 잡히지 않았다. 체면이 말이 아니었지만, 플로렌시아는 낚싯줄을 던지는 것만 보고도 어린아이마냥 재미있어 했다. 결국 몇번 시도하다가 흐르는 강물에 낚싯줄을 담근 채, 우리 둘은 조용히 앉았다.

강물은 햇살에 살짝 옷깃을 반짝이며 흐르는 듯 마는 듯 지나가고 있었다. 미동도 없이 지루한 강가로 간간이 불어오는 바람이 낚싯줄을 '웅웅' 하고 흔들었다. 그 소리는 마치 빨리 흐르라고 강물을 재촉하는 듯했지만 이내 바람도 멈추었다. 낚싯줄도 졸린 듯 고개를 강물에 담근 채 조용히 늘어져 있었다. 결혼 후 아내와 그 때를 이야기할 때면, 그 순간 함께 느꼈던 고요가 참 오래도록 깊은 여운으로 남았다며 동감하곤 한다.

그날 밤, 일정을 마치고 잠시 산책을 했다. 플로렌시아도 숙소로 돌아가는 길이라 자연스레 같이 걸으며 이야기를 나누었다. 낮에 한 파리낚시부터 시작된 이야기가 계속 이어지면서 어느새 밤 늦은 시간이 되었다. 우리는 강둑에 앉아서 많은 이야기를 나누었다. 밤하늘에 별이 듬성듬성했고, 강둑의 공기는 살짝 차가웠다. 잠시 이야기를 나눈 것 같은데, 어슴푸레 날이 밝아오는 것을 보고 둘은 깜짝 놀랐다. 당시 어떤 이야기를 나누었는지 다 기억나지 않는다. 단지 전체적 느낌이 남아 있다. 그 느낌을 한마디로 표현하자면 '함께 있음'이었다. 말의 나열은 별 의미가 없었다. 오랜 시간 앉아 있었던 것도 큰 의미는 없었다. 30분 파리낚시를 하며 함께 앉아 있었던 것과 밤새 이야기를 나누며 함께 앉아 있었던 것은 똑같았다. 우리는 깊은 동지애를 감지했는데, 그것은 '존재 esse'에 대한 시선이었다.

그때의 만남이 있은 지 7년 후 우리는 각자 수도원을 떠났다. 함께 살기로 한 것이다. 아내는 그 당시 수도원을 떠나는 결정을 하기까지 느낀 내적 갈등을 심장이 끊어지는 고통이었다고 표현한다.

내가 세상을 살아가는 목적은 '존재의 그림자를 건드려보기 위함'이다. 그런데 내 아내는 자기도 모른 채 '존재의 그늘에 앉아서 쉬는 사람'이다. 이렇게 존재는 우리 둘이 일정한 경계를 유지한 채 하나의 시선을 갖도록 해준다.

3

유기서원기

바라봄의 시간

* † * † * † * 잠을 자고 일어나니 장학생이 되었다.
나는 변한 게 하나도 없는데, 형제들은 나를
장학생이라고 불렀다. 피터팬에 나오는
자기소개 놀이 같았다.
"너 오늘 뭐 할래?"
"음, 교수"
"너는?"
"음, 복학생!"
"나는? 음, 장학생."

＊ † ＊ † ＊ † ＊ ────────────

지복의 장학생

군대 다녀오고, 청원기 1년 마치고, 수련기 거치고 수도원에서 서약한 수사로서 가톨릭대학교 신학과 2학년으로 복학했다. 같이 입학했던 교구 신학생[✝]들은 4학년 졸업반이 되어 있었다. 라틴어는 1학년만 배우기 때문에 특별히 걱정되지 않았다. 그러나 앞으로 남은 신학교 공부에는 히브리어와 희랍어가 있었다. 그뿐 아니었다. 철학 수업의 서막이 오르기 시작했다. 고대 및 중세, 현대에 이르는 철학의 역사, 인식론에서 시작해 마지막으로 형이상학까지 첩첩산중이었다.

✝ 서울 교구 신학생들은 서울 교구에 소속되어 서울 지역 성당에 부임하게 된다. 그들은 신학교 기숙사에 머문다. 나는 수도회 사제 지망이었기 때문에 수업만 마치면 수도회로 복귀했다.

군 복무 2년, 청원기 1년, 수련기 1년. 이렇게 거의 4년간 휴학하다 복학하자, 내가 노인이 된 듯했다. 일반 사회라면 대학교 졸업반에 취직 시험 준비해야 하는 시기에 나는 2학년이었다. 교구 신학생들은 2학년이 지나면 군대에 가기 때문에, 아직 군대도 다녀오지 않은 그들과 함께 교실에 있는 내 기분은 '노땅' 그 자체였다.

복학하자 걱정이 생겼다. 1학년 때 라틴어 때문에 스트레스받던 일이 떠올랐다. 신학교 공부를 잘 따라갈 수 있을지 염려되었다. 수도원에서는 신학교 공부보다는 '작은형제'로 사는 것이 우선이었다. 공부는 자기가 알아서 하는 분위기였다. 나의 목표는 유급 스트레스에서 여유 있게 벗어나는 전 과목 B 학점이었다. 당시 가톨릭 신학대학에서는 F 학점 두 개 맞으면 유급이고, 유급이 두 번이면 제적이었다. 고등학교 시절부터 나름 열심히 공부한 나였다. 적어도 유급 스트레스에서는 충분히 벗어나 있고 싶었다. 이제 수도원 들어온 지 5년 정도 지났고 언제까지 사춘기처럼 보낼 수는 없었다. 사회에서 같은 또래들이 아이엠에프IMF로 취직 준비에 어려움을 겪는 것을 보고 나도 뭔가 해야 한다고 생각했다. 그런데 무엇을 해야 할지 잘 몰랐다.

수도원은 많은 가톨릭 신자들의 후원으로 운영된다. 어떤 분은 거리에서 노점을 해 어렵게 번 돈을 수도원에 기부하기도 한다. 세상을 위해 기도하는 선한 수도자가 되기를 비는 마음으로 후원금을 보낸다. 그 돈으로 수사들 신학교도 보내고 덕분에 공부해서 수도원 소속 신부가 된다. 나는 무엇을 하면 좋을까 생각하다가 적어도 신학교 공부 중에 전 과목 B 학점 이상을 받자고 결심했다. F 학점 받아 유급당하거나 대충 공부하는 것은, 어려운 가운데 후원해주시는 분들에 대한 도리가 아니라는 생각이 들었다. 만약 유급이 되면 1년을 더 다녀야 하고, 그러면 그분들의 후원금을 낭비하는 것과 다름없었다.

어떻게 하면 후원해주시는 분들께 부끄럽지 않은 점수를 받을 수 있을지 고민했다. 일단 수업 시간에 무조건 받아 적기로 했다. 힘들었다. 당시 교수 신부님들은 받아 적을 수 있을 정도로 천천히 설명해주시지 않았다. 어떤 분은 한 시간에 책 한 권을 거의 다 읽는 분도 있었다. 주로 널리 알려진 학자라는 분일수록 그랬다. 그래서 어떻게 받아 적을 수 있을까 고민하다가 줄임말을 만들어서 적기로 했다. 수업 중 내용을 다 받아 적기는 어려우니 자주 나오는 단어는 알파벳 첫 글자만 적는 식이었다. 단어들을 어떻게 바꿀지 고민했다. 일단 신학교에서 배우는 교과 서적들을 통독했다. 주로 나오는 단어 및 용어를 뽑아서 나름대로 규칙을 정했다. 과목마다 약 30개의 단어 정도를 라틴어 첫 글자, 또는 희랍어, 히브리어 첫 글자로 바꾸거나 간단한 한자로 대체했다. 그랬더니 교수 신부님의 설명을 거의 다 받아 적을 수 있었다. 가령 예수 그리스도는 JX, 신학은 th, 철학은 ph, 형이상학은 上, 인식론은 ep와 같은 약어로 적은 것이다. 이렇게 하면 적는 시간이 훨씬 단축되었다. 지금 같으면 휴대전화로 사진을 찍거나 녹음했겠지만, 당시에는 워크맨이 고작이었다. 그리고 형제들은 그런 기기를 개인적으로 소유하기 어려웠다.

그렇게 받아 적은 노트를 일요일 오후에 다시 다른 노트에 옮겨 적었다. 당시에는 주일 아침 미사 후 외출이 가능했다. 외출한들 별로 갈 데도 없었지만, 그래도 그 시간을 반납하고 수도원 도서관에 앉아서 노트를 옮겨 적는 게 그리 신나는 일은 아니었다. 그런데 신기한 일이 조금씩 생겼다. 교수 신부님들 강의록을 옮겨 적는 동안 수업 시간이 다시 떠올랐다. 수업 때 교수님의 말투와

억양이 되살아나고 수업 중에는 알지 못했지만, 중요하다고 강조하신 부분이 눈에 들어오기 시작했다. 그 부분을 표시해놓고, 수도원 도서관 서재를 돌며 관련 자료를 찾아 첨부해서 살을 붙였다. 이런 방식의 공부는 인식능력에 대한 기하학적 확장을 가져다줬다. 수천 년 전 철학자들의 질문을 다시 던져보며 의지, 이성, 감성에 적용하면서 세상 걱정 없이 학문에 순수하게 몰두할 수 있었다. 지금 되돌아 생각해보면 정말 큰 행운이었다. 신앙인들은 행운을 축복 또는 은총이라 부른다. 나는 그 시기를 '지복至福'이라고 부른다.

어느새 1학기 학기말 시험이 끝났다. 시험이 끝남과 동시에 외부 체험을 나가야 했기에 바빴다. 노동 사목에 관심 많은 형제들은 막일하러 떠났고, 어떤 이는 공장에 임시 취직을 했고, 나는 고물상 손수레를 하나 빌려서 고물을 주우러 다녔다. 그해 여름은 유독 더웠다. 체험 마치고 수도원으로 돌아왔는데 성적표가 도착해 있었다. 9개 과목 중에 7개 과목에서 A 플러스를 받았다. 1등이었다. 믿기지 않았다. 최 라우렌시오 형제가 내게 와서 물었다.

"가브리엘, 너 라틴어 시간에 쩔쩔매던 그 가브리엘 맞어? 믿기지 않는다."

나도 믿기지 않았다. 기분은 좋았다. 그날 이후 프란치스칸답지 못하게, 십여 년 만에 신학교에서 장학금을 받은 작은형제회 수사가 되었다.

* † * † * † 우리는 시간도 부족했고, 인원도 부족했고,
장비도 별로 없었고, 할 줄 아는 것도 별로 없었다.
작전을 잘 짜야 했다. 우리 작전은 일단 출발하는
것이었다.

수해복구와 현실 직면

유기서원기⁺ 4년 차, 나는 청량리 프란치스코의 집(노숙자를 위한 식당)에 거주하고 있었다. 학기말쯤으로 기억하는데 강원도에 큰 수해가 났다. 저녁 나절 홍수 피해 관련 뉴스를 보다가 문득 수련기 시절이 떠올랐다. 당시 임시 수련장이었던 김 레오나르도 형제님이 다섯 명의 수련자들을 무작정 수해 지역으로 데려간 적이 있다. 그때 일주일 정도 진흙더미를 치웠던 기억이 스치듯 떠올랐다. 외부와 차단되어 지내는 수련기에도 그렇게 했는데 유기서원 4년 차쯤 됐으면, 누가 시키지 않아도 스스로 도움이 필요한 곳으로

⁺ 유기서원기에 있는 수사는 1년에 네 번 정도 서약을 한다. 쉽게 풀이하면 일종의 계약직 수사다. 1년 동안 수사로 지내보고, 더 수사로 살아갈지 말지 결정한다. 자기 의지로 결정할 때도 있지만 교육을 책임지는 원장 수사 및 한 공동체에 같이 머무는 교육담당 수사의 판단에 따라 수도원을 떠나기를 권고받기도 한다.

찾아가야 한다는 생각이 들었다.

다른 공동체에서 지내고 있던 수련 동기 레오 형제에게 전화했
다. 수업이 없는 주말을 이용해서 수해 지역에 가자고 했다. 수업
마치고 금요일 오후에 출발하면 토요일, 일요일 이틀 동안 수해 지
역 복구를 도울 수 있을 것 같았다. 막일에 일가견이 있고 동기 중
에 단순하기로 소문난 레오 형제는 바로 함께하기로 했다. 강원도
정선 성당에서 이틀을 묵을 수 있도록 레오 형제가 직접 전화로
허락을 받았다. 막상 출발이 결정되자 가슴이 뛰었다. 단지 시간
을 조금 쪼개서 수해복구 지역에 도움을 주는 것이지만, 능동적
으로 계획하고 뭔가 시작한다는 게 심장을 뛰게 했다. 수련기 시
절, 수련장 형제님의 하명으로 느닷없이 저녁에 짐을 싸서 수해 지
역으로 출발한 것이 황당한 사건이었다면, 이번에는 자발적 열정
이 불타는 순간이었다.

예비군 훈련 때 입는 전투복과 전투화를 챙기고, 갈아입을 양
말, 속옷 몇 벌을 챙겼다. 막장갑도 두어 개 챙겨서 가방에 쑤셔 넣
었다. 금요일 학교 수업을 마치고, 레오 형제가 몰고 온 구형 프라

이드를 타고 바로 강원도 정선으로 출발했다. 레오 형제와 나는 면허 취득한 지도 얼마 안 되었지만 별로 두렵지 않았다. 날씨는 화창했고, 프라이드는 시커먼 매연을 내뿜으며 출발했다. 있어야 할 곳으로 간다는 생각이 내면을 흥분시켰다.

해가 질 무렵 정선 천주교회에 도착했다. 주임 신부님께 잠자리를 제공해주셔서 감사하다고 인사를 드리고 숙소에 짐을 풀었다. 잠시 성당에 앉으니 배고픈 모기가 귓가에서 윙윙거렸다. 윙윙거리는 소리가 성당의 고요를 더 극대화하는 것 같았다. 잠시 혼자 있음을 누리고 방으로 돌아와서 잠들었다.

다음 날 아침 일찍 마을을 둘러보았다. 생각보다 훨씬 더 황폐했다. 밤에 도착했을 때는 보이지 않던 수해의 상처들이 성난 승냥이처럼 이빨을 드러내고 있었다. 근처 둑이 터져서 마을이 휩쓸린 상태였다. 레오 형제와 처음 복구지원을 나간 곳은 농기계류를 보관하는 창고였다. 모든 것이 다 진흙으로 뒤덮였고, 창고 지붕은 절반쯤 무너져 있었다. 우리는 창고 안에 있는 자재들을 밖으로 빼내는 일을 도왔다. 각종 철골부터 시작해서 물에 떠밀려 들어온 온갖 더미들을 하나씩 들어서 밖으로 옮겼다. 다시 사용할 수 있는 물건은 없었다. 모두 버려야 했다. 안타까웠다. 옮기는 일도 힘들었지만 그 처참한 모습을 보고 있는 것 자체가 더 힘들었다. 정선 천주교회는 근처 학교에서 임시 밥집을 운영했고, 마을 주민들과 자원봉사자들은 그곳에서 식사를 해결했다. 각 지역에서 복구 지원 물품이 들어와 학교 운동장에 쌓이기 시작했다. 관련 공무원들과 자원봉사자들이 부산하게 정리 및 배분 작업을 했다. 재난 상황에서 대응 시스템이 얼마나 중요한지 눈으로 직접 확인할 수 있었다.

해가 지고 성당 숙소로 돌아와 간단히 씻고 잠을 청했다. 몸은 너무 피곤했는데 정신이 예민해져서 잠을 이루기 힘들었다. 뭔가 현실과 직면했다는 느낌이 들었는데 그것이 무엇인지 명확하지 않았다. 뒤척이다가 성당에서 나와 담배를 하나 물었다. 이곳의 어려움을 아는지 모르는지 밤하늘의 별들은 담배 연기 사이로 밝게 빛났다. 담배를 두어 대 연달아 더 피우고서 잠자리에 들었다. 뻥 뚫린 가슴이 채워지지 않았다.

일요일 아침, 그날은 혼자 사는 어느 할머니 댁으로 갔다. 집이

라기보다 작은 방이었다. 불편한 거동임에도, 방 안 물건들을 마당
에 펼쳐놓고 말리고 계셨다. 우리가 해야 할 일은 흙탕물에 젖은
벽지를 몽땅 뜯어내고, 장판을 걷어내는 일이었다. 이미 방 구석구
석 검은 곰팡이가 음흉한 미소를 짓고 있었다. 박박 긁어서 몽땅
밖에 있는 쓰레기 더미에 버렸다. 작업이 한창일 때 신문사 기자
가 들어오더니 인터뷰를 청했다. 조금이라도 복구작업을 더 해야
했던 레오 형제와 나는 본체만체 계속 일을 했다. 그게 멋쩍었는
지 기자는 나갔다가 몇 시간 후에 다시 돌아왔다. 수해 지역 취재
다니는 것도 미안하고 사람들이 인터뷰도 안 해주니 한마디만 해
달라고 사정했다. 생각해보니 그 기자도 참 힘들 것 같았다. 레오
형제가 몇 마디 해줬고, 같이 봉사하던 한 아저씨도 인터뷰에 응
했다. 그 뒤로도 계속 벽지 뜯어내는 일을 하는데, 어떤 사람이 들
어와서 박스로 된 구호 물품을 주고 갔다. 안에는 담요와 간단한
생필품이 들어 있었다. 그는 돌아가면서 할머니께 이렇게 말했다.
"할머니, ○○정당에서 드리는 겁니다. 다음 선거 때 꼭 ○○정당
투표해주세요." 구호 물품을 준 건 참 고마운 일이었다. 그 와중에
정당을 홍보하는 모습은 별로 좋아 보이지 않았다. 그 말 대신 따
뜻한 위로를 덧붙였다면 나는 ○○정당 지지자가 되었을지도 모른

다. 어차피 정당 이름은 구호 물품 박스 곳곳에 적혀 있었다.

저녁노을이 질 때쯤, 작업을 끝마치고 숙소로 돌아왔다. 다시 수도원 공동체로 돌아갈 시간이었다. 서울에는 자정 넘어 도착했다. 수도원으로 돌아와 작업복을 대야에 넣고 물을 대충 붓고는 쓰러지듯 잠이 들었다. 다음 날 아침, 대야에는 흙탕물이 가득했다. 나는 그것을 몇 번 더 헹군 후 세제를 풀어놓고 등교했다. 하늘은 맑았고, 세상이 새로워 보였다. 이상했다. 단 이틀 온 힘을 다해 일하고 돌아왔을 뿐인데, 서울에 있는 게 어색했다. 그 순간 수해 복구 첫날에 왜 잠을 뒤척였는지 알았다. 당시 내 무의식은 내 이웃들이 이런 험한 일을 당하고 있다는 사실을 애써 외면하고 싶었던 것이다. 그리고 그간 이런 사실을 알아채지 못하고 살아온 내게 일종의 자책이 든 것이었다. 수도원으로 돌아오면서 스스로 이렇게 되뇌었다. "가브리엘 네가 세상을 못 본 채 한 게 아니야. 이제 시작해도 된다는 허락이 주어진 거야. 넌 준비 열심히 했잖아. 가보자고."

* † * † * † *   주민등록등본 한 통 고물상에 제출하고 취직했다.
내 생애 최초의 직장이었다. 지금도 생각하면
기특하다. 스스로 문을 찾아 두드린 첫 직장이
고물상이었다는 것이 자랑스럽다.
천재는 못 되어도, 프란치스칸 영재는 아니었을까 싶다.

'밥그릇'을 훔친 수도자

유기서원기 여름은 외부 체험 기간이었다. 말이 좋아서 외부 체험이다. 그냥 각자 밖으로 나가 알아서 일자리를 얻어 한 달간 먹고 자며, 돈을 벌어 와야 했다. 수도원에 앉아서 기도하는 것도 중요하지만 세상 속에서도 흔들리지 않는 모습으로 수도자 역할을 유지하는 것이 중요하다는 취지다. 지금 와서 돌이켜 보니, 수도원의 경제 사정에도 약간 도움이 된 듯싶다. 유기서원 수사들을 방학 동안 내보내니 밥값이 안 들어서 좋고, 여름 지나면 각자 얼마라도 돈을 벌어서 공동체에 봉헌하니 일석이조였다.

여름이 다가오자 형제들은 조금씩 분주해졌다. 누구는 벌써 일자리를 알아놓았다고도 했고, 누구는 하루에 서너 통씩 전화를 돌리며 사회에 있을 때 알던 인맥을 동원하기도 했다. 나는 고등학교 졸업하고 바로 들어왔으니 알아볼 인맥도 없고, 그렇다고 직장생활을 한 적도 없으니 무슨 일을 해야 할지 막막했다. 그럴

때는 보통 새벽 인력 시장에 나가서 '노가다'를 뛰는 경우가 많았
다. 수련 동기 레오 형제 같은 경우도 주로 막일 전문이었다. 사실
나 같은 타입은 인력 시장에 나가도 잘 팔리지 않았다. 한번은 새
벽 일찍 일어나 인력 시장에 나갔는데 불러주는 일터가 없었다.
일을 잘하게 생겨야 하는데, 그저 곱상하게 생겨서 벽돌 하나도
못 나를 거라는 소리만 들었다. 사실 보기보다 일을 잘하는데 아
무도 알아주지 않았다. 인력 시장에서 외모로 팔려나가는 것보다
연예인이 되는 게 더 빠를 듯싶었다.

신학교 기말시험 기간 수도원으로 귀가하는 발걸음은 무거웠다.
기말시험이 끝나면 바로 방학인데 뭘 해서 돈을 벌어야 하나 걱정
이 앞섰다. 이리저리 궁리하며 걷는데 고물상이 보였다. 고물을 수
집하는 노인이 손수레 가득 종이, 캔, 병 등을 싣고 고물상으로 들
어가고 있었다. 바로 이것이었다. 고물을 수집하면 되겠다고 생각했
다. 손수레가 필요했다. 고물상 벽을 따라 빈 손수레가 세워져 있었
다. 무작정 들어가서 손수레를 빌릴 수 있는지 물었다. 고물을 수집
해서 가져올 테니 한 달만 빌려달라고 했다. 고물상 주인은 위아래
로 나를 훑더니, 또 외모로 판단했다. 고물 수집할 것 같이 생기지

는 않았는데 뭘 믿고 수레를 내주느냐고 했다. 한번 고물 수집에 발 들여놓으면 평생 이 일을 해야 하니, 다른 일을 찾아보라고 충고했다. 방학 동안만 할 예정이고 당장 다른 일을 구하기도 어려우니 부탁드린다고 말했지만, 그래도 안 되었다. 젊은 사람이 공장에 가든, 공사판에 가든, 거리에서 돗자리 펴고 장사를 하든 이것보다 더 잘 벌 수 있으니 그리 가보라고 했다. 자기야 고물 가져오면 좋지만 한창인 젊은이를 이런 데 발 들여놓게 할 수는 없다는 것이었다. 얼굴이 좀 동안이어서 그렇지 별로 어리지도 않으니 한 번만 써달라고 했지만, 거절당했다. 결국 인사하고 나왔다. 그런데 내 마음은 어느새 고물 수집에 꽂혀버렸다. 골목골목을 돌며 버려진 종이, 깡통을 주우며 삶을 이어가는 이들이야말로 가장 작은 이들이라는 생각이 들었다. 그분들의 삶을 알고 싶었다. 이대로 물러설 수는 없었다.

일단 그냥 시작하기로 했다. 거리의 쓰레기 더미가 눈이 들어왔다. 연습 삼아 병과 캔을 검정 비닐봉지에 모아봤다. 한계가 있었다. 손수레가 절실히 필요했다. 정동 수도원✝에 있는 아주 작고

✝ 서울 중구 정동에 작은형제회 수도원 본원이 있다.
　교육관 및 수도자 신학원을 운영한다.

낡은 흙 퍼 나르는 손수레가 떠올랐다. 철제로 된 작은 공사용 손
수레였는데, 엄청 무겁고 녹이 슬어 있었다. 바퀴 바람도 거의 없
는 상태였다. 정동 수도원에서 살림을 맡고 있는 수사님께 하루 빌
리겠다고 허락을 구했다. 정동에서 성북동까지 손수레를 끌었다.
끌면서 고물도 수집했다. 처음 알았다. 손수레를 끌고 횡단보도를
건너는 건 정말 힘든 일이었다. 그나마 횡단보도가 있는 곳이면 다
행이었다. 육교나 지하도만 있을 때는, 차들 사이로 무단 횡단하
며 길을 넘어 다녀야 했다. 처음 해본 일이라 요령 없이 길을 건너
다가 달려오는 운전자에게 욕을 바가지로 먹었다. 죽으려고 환장
했느냐라는 욕은 착한 욕에 속했다. 군대에서보다 더 무섭게 욕을
먹었다. 하도 욕을 먹어서 점심 먹는 것도 잊고 성북동까지 갔다.
오전에 손수레를 끌기 시작해서, 오후 늦게 성북동 고물상에 도착
했다. 온몸이 땀으로 범벅되었고 목이 말랐다. 너무 허기져서 식
사 생각조차 들지 않았다. 그래도 내가 모은 고물이 얼마에 팔릴
지 궁금했다. 손수레를 끌고 고물상으로 들어가는데 고물상 주인
이 뭐 이런 놈이 있나 하는 눈으로 나를 쳐다보았다. 얼마나 벌었
을까 궁금해하며 기다리자, 내 손에 천백 원이 쥐어졌다. 깜짝 놀
랐다. 못해도 만 원은 넘을 줄 알았다. 그 돈이면 잠잘 곳은커녕, 한

끼 식사도 해결하기 벅찬 돈이었다. 아저씨가 한마디 툭 던졌다.

"고철 1킬로에 육십 원 쳐준다. 기래도 할래?"

한다고 했다. 그랬더니 주민등록등본 떼 오면 정식으로 채용하고, 손수레를 내주겠다고 했다. 내가 끌고 온 손수레는 고물상에서도 안 받아주니 갖다 버리라고 했다. 고물상 나오면서 하늘을 쳐다보았다. 푸름이 드높았다. 생에 첫 직장을 얻은 순간이었다. 그렇게 나의 2000년대 여름은 뜨겁게 시작되었다. 다음 날 등본을 들고 고물상을 찾았다. 주인은 예전과는 다르게 마치 조카를 대하듯 친절하게 설명해줬다. 알루미늄 캔이 가장 비싼데 1킬로그램에 오백 원이고, 신문 등 잡종이는 킬로그램당 사십 원, A4 용지만 분리해오면 칠십 원, 소주병은 개당 삼십 원이었다.

가격이 제일 잘 나가는 알루미늄 캔을 많이 줍겠다고 결심했다. 하지만 값나가는 알루미늄은 구하기 어려웠다. 맥주 캔 말고 순수 알루미늄 캔은 거의 없었다. 또 알루미늄 자체가 워낙 가벼워서 온종일 모아도 1킬로그램 채우기 어려웠다. 처음에는 캔마다 일일이 자석을 붙여서 알루미늄과 고철 캔을 구분하느라 시간도 오래 걸렸다. 곧 상표만 보고 구분할 수 있게 되자 그때는 속도가 좀 빨라졌지만 하루 칠천 원 벌기도 어려웠다. 하루 세끼를 다 챙겨 먹는 것은 사치였다. 얻어먹기로 했다. 청량리에 프란치스코의 집이라고 이백 원 내면 노숙자에게 한 끼를 주는 곳이 있었다. 그곳에 가서 이백 원 내고 먹을까 생각했지만, 너무 멀었다. 어떻게 식사를 해결할 수 있을지 고민했다. 문득 어떤 형제가 성북동 길상사에서 절밥을 먹고 왔더니 맛있었다고 했던 기억이 떠올랐다. 일정한 시간에 가면 밥을 준다는 것이었다. 설마 하고 점심시간에 맞춰서 갔더니 정말 밥을 줬다. 처음에는 몰랐다. 절에서는 그것을 공양이라고 한다고, 길상사 입구에서 안내하시는 분이 친절하게 알려줬다. 공양도 몸 기도이니 정성스럽게 기도하는 마음으로 먹으라고 좋은 말씀도 건네주셨다. 내가 고물 담긴 봉지를 들고 밥을 어디서 주느냐고 물으니, 젊은 노숙자라고 생각하는 것 같았다. 마음속으로 예수님 아멘, 부처님 아미타불을 외치고 두 그릇을 비웠다. 그렇게 한 번에 두 끼를 해결했다. 잠자리는 신학교 같은 반인 평신도 신학생⁺을 통해서 얻을 수 있었다. 삼촌이 지방에 출장 가 있어서 방학 동안 집이 비었는데, 그곳에 머물라고 했다.

낮에는 너무 덥고 힘들어서 초저녁부터 자고 새벽 3시에 일어나 거리로 나왔다. 혜화동 대학로 골목은 아직 취한 상태였다. 간밤의 술기운이 안개처럼 드리워 있었다. 곳곳에 구토한 냄새와 노상 방뇨한 지린내가 습기와 함께 운집해 있었다. 오물과 쓰레기 사이를 뒤져가며 맥주 캔을 찾아냈다. 그나마 분리수거를 잘하는 술집은 참 고마웠다. 맥주 캔만 가득 담긴 커다란 비닐봉지를 발견했을 때는 보석을 찾은 것처럼 기뻤다.

더운 여름이 지나고 한 달이 채 안 되자, 제법 고물 수집 베테랑이 되었다. 언제 어느 곳을 가야 고물이 버려져 있는지 대충 감이 왔다. 하루에 만 원 넘게 벌 때도 있었다. 그날도 그렇게 손수레 가득 고물을 싣고 돌아오는데, 시원한 맥주에 치킨이 먹고 싶어졌다. 치킨은 너무 비싸고 오늘 저녁은 꼭 맥주와 쥐포를 사 먹으리라 다짐하며 고물상으로 발걸음을 재촉했다. 그때 길가 그늘에 앉아서 쉬고 있는 고물 수집하는 노인과 마주쳤다. 그의 손수레는

✤ 순수하게 신학을 공부하고 싶어서 입학한 학생을 뜻한다. 평신도 신학생은 사제가 되지 않는다. 사회에서 철학, 국문학, 영문학을 전공하듯이 신학을 전공하는 일반 학생이다.

아직 반도 차지 못한 상태였다. 귓가에는 굵은 핏줄이 불뚝 솟아 있었고, 피곤한 듯 손수레에 기대어 땅에 떨어진 꽁초를 주워 피고 있었다.

'아차!'

그분을 보는 순간 체험이라는 이름으로 진짜 생계를 위해 일하는 사람들의 수입을 내가 가로챘다는 사실을 알았다. 그간 새벽같이 일어나 골목길 고물을 모조리 쓸고 다녔으니 그분들의 살림은 더욱 어려웠을 거란 생각이 들었다. 죄송한 마음에 내 손수레에 담긴 고물 자루를 그분께 드리려 했지만 한사코 거절했다. 학생 같은데, 아프지 말고 일해서 학비에 보태고, 열심히 공부하라는 한마디를 남기고 자신의 빈 손수레를 끌고 떠났다. 충격이었다. 그간 내가 해온 한 달 가까운 체험이 너무나도 큰 사치임을 깨달았다. 손수레에 있는 캔이며 종이며 병들을 그 자리에 다 내려놓았다.

숙소로 돌아가 앓아누웠다. 삼일 고열에 시달리다가 일어났다. 열정을 고열로 다 태워버린 느낌이었다. 마음속에 회색빛 재가 날렸다. 남은 며칠 동안 아무것도 안 하고 면벽하듯 방 안의 벽만 바라보고 앉아 있었다. 움직이지 않은 채 가끔 물만 마시고, 끼니때가 되면 쌀을 조금 끓여서 숭늉처럼 우려먹었다. 불필요한 시간을 없애고 거의 모든 시간을 정좌하고 앉은 채 기도했다. 가난한 이들의 밥그릇을 훔친 수도자가 속죄할 수 있는 유일한 방법이었다.

체험 기간이 끝나고, 이십만 원이 조금 넘는 구겨진 돈을 들고 수도원으로 돌아갔다. 수도원 살림을 맡은 형제에게 그 돈을 건넸다. 다시 수도원 가브리엘 수사의 일상으로 돌아간 순간이었다. 방에 들어가서 침대에 가만히 누웠는데 탄 냄새가 났다. 아직도 가슴 한구석, 고열로 타고 남은 재가 흩날리고 있었다.

* † * † * † *   아빠가 되는 것은 찰나였다.
숨바꼭질에서 들킨 순간, 전력으로 술래보다 먼저
달려나가는 아이처럼, 내 안의 부성父性은 한순간에
뛰쳐나왔다. 아빠의 손에는 늘 그리움을 쥐고
있었는데, 언젠가 아이가 떠날 것을 대비한 것이었다.

아빠가 되다

성북동 수도원 언덕을 따라 20분쯤 올라가면 언덕배기 끝에 '성가정 입양원'이 있다. 유기서원 2년 차 때 매주 토요일 1시부터 5시까지 그곳에 봉사활동을 하러 갔다. 선배 형제가 다른 곳으로 소임 가면서 내게 소개해준 곳으로, 약 2년 정도 다녔다. 하는 일은 1~3세 정도 된 아기들과 같이 놀아주는 일이었다. 같이 놀다가 아기가 똥오줌을 싸면 엉덩이를 물수건으로 닦고 기저귀를 갈았다. 날씨가 좋은 날이면 마당이나 근처 동네로 데리고 나가 산책도 했다.

솔직히 난 아기가 이쁜 줄 몰랐다. 아기와 네 시간을 노는 건 생각보다 힘들었다. 몸이 힘들었다기보다 지루했다. 지극히 단순한 놀이를 계속 반복하다 보면 어느새 졸음이 쏟아졌다. 가끔 다른 봉사자들이 너무 즐겁게 몇 시간씩 놀아주는 모습을 보면 신기하면서도 대단하다는 생각이 들었다. 아기들이 내 품에 안겨 잠들기도 했는데 그때가 가장 행복했다. 하지만 곧 그곳에 상주하는 보모가 아기를 깨우도록 안내했다. 낮에 잠이 들면 밤에 안 자고 울어서 다른 아이들도 다 깨운다는 것이었다. 잠든 아기를 보는 것이 가장 좋았지만 어쩔 수 없었다. 졸린 아기를 깨우고 나도 졸고 앉아서 그렇게 같이 토요일 오후를 버티다 돌아왔다.

이곳에 있으면서 입양이라는 것이 얼마나 신중하게 이루어져야 하는지 알았다. 그전에는 아기를 키우고 싶으면 누구든지 데려가서 키울 수 있는줄로 알았다. 가끔 입양을 문의하는 사람들이 찾아와서 아기방을 둘러보고 갔다. 담당 수녀님은, 입양은 원한다고 누구나 할 수 있는 일이 아니라고 설명했다. 일정 기간 교육도 받아야 하고, 경제적 뒷받침이 되는지 증명해야 하고, 몇 번의 만남과 상담을 통해 가정환경에 대한 검증을 거쳐야 한다고 했다. 그러한 검증을 거치고도 아이가 이리저리 옮겨 다니는 경우가 생기고, 그럴 때마다 상처받는 것은 아이라는 것이었다.

날씨 좋은 어느 가을날이었다. 아기를 마당에 데리고 나가서 놀다가, 마침 한 가정으로 입양되어 가는 아기를 보았다. 온 가족이 와서 아기를 품에 안았다. 새로운 식구가 될 사람들이 다 온 것 같았다. 모두 정말 기쁜 표정이었다. 아기는 아무것도 모른 채 그저 눈만 멀뚱멀뚱 뜨고 있었다. 그러다가 차를 타고 휭 떠나버렸다. 부디 행복하게 무럭무럭 잘 크기를 마음으로 기도했다.

　얼마 뒤 아가방으로 돌아왔는데, 늘 바쁘고 분주하게 움직이던 보모가 안 보였다. 잠깐 화장실을 갔거니 생각했다. 그래도 이상했다. 아기들만 놔두고 어디를 가실 분이 아니었다. 궁금한 마음에 찬찬히 방 안 곳곳을 살폈는데 누군가 보모실 구석에 웅크리고 있었다. 보모였다. 그녀는 흐느껴 울고 있었다. 맘대로 소리도 못 내고 버려진 신문지마냥 한구석에 구겨져서 우는 모습이 더없이 애통해 보였다. 누구의 이름을 되뇌고 있었다. 조금 전 입양된 아기를 부르는 것이었다. 못해도 2년 동안 정들었을 아기를 보내는 마음은 그녀에게 자식을 보내는 심정과 같음을 알게 되었다. 매번 정든 자식을 떼어 보내는 아픔을 견뎌야 하는 그들이 더없이 거룩해 보였다. 나처럼 그저 일주일에 한 번씩 찾아와 아기들이랑 놀다가 졸다가 하는 봉사자는 감히 상상도 할 수 없는 일이었다.

터벅터벅 수도원으로 걸어 내려가며 생각에 잠겼다. 모든 것을 버리고 수도자로 산다고 한 나였다. 정말 포기하고 떠나보낸 것들이 과연 무엇이었는지 내게 물었다. 포기한 것 중, 떠나보낸 것 중, 그토록 가슴 저리고 아픈 것이 있었는지를 물었는데, 아무것도 없었다. 내가 버린 것은 별로 없었으며, 그나마 버렸다고 한 것들도 참 버리기 쉬운 것들뿐이었다.

일주일은 빨리 지나갔다. 다시금 토요일이 되어 봉사활동을 하러 가야 했다. 그날은 괜히 몸도 뻐근한 것 같고 피곤했다. 약간 감기 기운이 있는 것은 아닌지 의심되었다. 사실 감기 기운이 있기를 바라는 마음이 더 간절했다. 감기에 걸리면 그 핑계로 아기들에게 가지 않아도 되었기 때문이다. 수화기를 들었다. 감기 기운 때문에 오늘은 쉬겠다고 전화하려 했다. 하지만 이내 다시 내려놓았다. 가서 꾸벅 조는 한이 있더라도 책임을 다하자고 마음을 다잡았다. 입양원에 가서 책임을 다해 성심성의껏 졸았다. 가끔 아기가 나를 깨우듯 칭얼거리면, 흘리던 침을 닦고는 반사적으로 '까꿍' 했다. 그러기를 몇 번 반복하는데 똥 냄새가 코로 파고들었다. 정신이 번쩍 들었다. 아기가 똥을 누었는데 내가 좀 오랫동안 존

것 같았다. 아기를 눕히고 따뜻한 물수건으로 쓱싹쓱싹 닦고는 뽀송한 기저귀로 갈아줬다. 아기는 울지도 않고 초롱초롱 내 얼굴을 바라보고 있었다.

"응가를 했으면 좀 울고 보채지, 그럼 내가 진작 알고 갈아줬을 거잖아."

아기에게 말을 걸듯 중얼거리며 기저귀를 갈았다. 기저귀를 마저 채우고 있는데 나를 보는 아기의 시선이 느껴졌다. 곧 눈이 마주쳤다. 그 순간 하늘이 깨어지는 일이 벌어졌다. 아기가 내게 "압빠아?"라고 했다. 그 말을 듣는 순간 가슴에 칼이 박히듯 아기가 쑥 들어왔다. 도저히 빼낼 수 없이 박혀버렸다. 감당해낼 수 있는 것이 아니었다. 뒤로 쿵 하고 엉덩방아 찧듯 주저앉았다. 스물다섯 살, 철없이 졸던 가브리엘 수사는 그날 찰나에 아빠가 되어버렸다. 아기가 예쁘다는 말은 거짓말이었다. 아빠가 된 순간 아기가 애잔했다. 사랑스럽다는 표현은 새빨간 공갈이었다. 애잔하다 못해 심장이 녹을 것 같았다. 그날 저녁 수도원에 돌아가 한 형제에게 그 심경을 고백했다. 그 형제는 내게 그랬다. 그냥 아기들이 '어바바

바' 하고 아무 말이나 한 것뿐이라고, 그러니 너무 마음에 담을 필요는 없다고. 그 말이 사실이었을지도 모른다. 그래도 그렇지 않았다. 정말 나를 아빠라고 불렀고 그 순간 나는 아빠가 될 수밖에 없었다. 어디로 도망칠 수 없었다. 분명한 사실이었다.

이제 매주 토요일이 기다려졌다. 그토록 내 곁에 붙어 있던 졸음 귀신도 떨어져나갔다. 행복했다. 신학교에 앉아서 수업을 듣는데 창밖 구름에서 아기 얼굴이 보였다. 성무일도를 하는데 아기 똥 기저귀 냄새가 났다. 진짜 아빠가 된 것 같았다. 행여 감기 걸리면 보러 갈 수 없기에 비타민도 먹고, 식사 시간에 나오는 과일은 죄다 먹어 치웠다. 그렇게 매주 토요일 아기를 보며 두어 달이 행복하게 지나갔다.

어느 토요일, 맑은 하늘과 시원한 바람을 느끼며 입양원으로 달렸다. 문을 열고 방으로 들어갔는데 아기가 없었다. 보모에게 물어보니 며칠 전 입양되었다고 했다. 왜 내게 연락하지 않았느냐고 따져 묻고 싶은 마음이 치솟았다. 하지만 그 말을 듣는 순간 다리가 풀려서 아무 말도 못 했다. 갑자기 몸살감기가 걸린 것처럼 으슬으슬 아팠다. 두 시간쯤 다른 아기를 보면서 넋 나간 듯 앉아 있었다. 마침 몇 명의 봉사자들이 우르르 방으로 들어오기에 그들에게 아기를 건네고 수도원으로 돌아왔다. 원장 형제님께도 몸이 아프다고 말하고 저녁기도도 빠지고 식사도 빠졌다. 아무도 모르게 방에 엎어져서 흐느껴 울었다. 처음으로 소중한 것을 떠나보낸 날이었다. 그날 밤, 성당 한구석에 쪼그려 앉았다. 가슴이 허해서 죽을 것 같았다. 그렇게 밤이 지났다. 너무 보고 싶었다. 딱 한 번만 만나게 해달라고 매달리듯 기도했다. 그때 성당 스테인드글라스 사이로 새벽빛이 들어왔다. 빛줄기 사이로 마음 포근해짐을 느꼈다. 아기가 어디선가 따뜻한 숨결로 잠들어 있음을 그 빛줄기로 알았다. 보이지 않았지만 명확하게 알 수 있었다. 기운이 서서히 돌아왔다. 아기가 어디선가 행복하게 잘 살아 있을 거란 믿음이 생기자 가슴이 조금씩 채워졌다. 그 믿음이 나를 살게 해줬다. 자식은 그런 존재였다.

* † * † * † * 첫 등반지인 설악산을 향해, 나는 대책 없이
출발했다. 산을 전혀 몰랐다. 다녀와서 깨달은
한 가지가 있다.
'미리 알았다면 못 갔을 거야.'
가끔은 대책 없이 일단 발을 담글 필요가 있다.
그때 오히려 내가 숨 쉬고 있음을 느낀다.

미리 알았다면 하지 못했을 일

1999년 말 '프산모'라는 모임이 생겼다. '프란치스코, 산을 좋아하는 형제들의 모임'이었다. 이제 막 유기서원 1년 차였다. 막연히 멋있어 보여서 동행하기로 했다. 첫 산행은 설악산 3박 4일 코스였다. 산장에서 머무는 본격 산행이었다. 군대에서 훈련받을 때 말고는 정식 장비를 갖추고 산행하는 건 처음이었다. 이미 전문가 수준인 선배 형제들에게 배낭 싸는 법을 배우고, 산행할 때 입을 만한 복장 및 준비물을 챙겼다. 매우 힘들 거라는 말을 듣고 출발 한 달 전부터 새벽 달리기를 하며 체력을 길렀다.

십여 명의 형제들이 출발했고, 모두에게 동일한 공동 물품이 배급되었다. 3박 4일간 먹을 부식 및 장비였다. 무게와 부피를 조금이라도 줄이기 위해 부식품의 포장을 모두 벗겼다. 산행에 어느 정도 경험이 있는 형제들은 부식 대신 장비를 챙겨 들었다. 산행에 익숙하지 않은 형제들을 배려하는 것이었다. 부식은 시간이 지날수록 그 양과 무게가 줄어들지만 장비의 무게는 변함없기 때문이다. 그런 모습들이 참 보기 좋았다.

12월 말의 설악산은 춥고 힘들었다. 눈은 허벅지까지 빠졌다. 그래도 좋았다. 몸은 힘들지만 정신은 맑아지는 느낌이었다. 저녁에 산장에 도착해서 식사 준비를 했다. 물은 눈을 녹이거나 산장지기가 깨어놓은 골짜기 얼음에서 길었다. 다들 지치고 힘들었지만 다른 사람에게 일을 미루거나 요령 피우지 않았다. 이런 사람들과 여정을 함께한다는 것 자체가 복 받았다는 생각이 들었다.

산행 마지막 날이었다. 새벽같이 일어나 절벽에 가까운 골짜기를 타고 화채능선에 올랐다. 당시 입산 금지구간이었지만 첫 산행인 터라 대수롭지 않게 생각했다. 하지만 결과는 그렇지 않았다.
눈 내리는 화채능선은 하늘을 나는 용의 등 같았다. 바로 옆 절벽을 지나가는 구간도 있었다. 화채능선에서 바라본 설악산은 가슴 시리도록 아름다웠다. 그대로 설악산에 안기고 싶은 충동이 일었다. 그 첫 경험으로 산행의 기쁨을 알게 되었다. 지금도 마치

마법에 걸린 듯 일정 시기가 되면 험준한 산을 찾는다.

문제는 그날 밤에 발생했다. 눈이 너무 많이 와서 예정 시간보다 늦게 권금성 케이블카에 도착했다. 원래 계획은 케이블카를 타고 내려오는 것이었다. 하지만 케이블카는 이미 운행을 중지한 상태였고, 우리는 권금성부터 걸어 내려가야 했다. 해는 저물었고 몸은 지칠 대로 지친 상황에서 가파른 골짜기를 걸어 내려가는 일은 매우 힘들었다. 랜턴 불빛은 약해져 갔고, 몇 번씩 넘어지며 천천히 하산했다.

다 내려왔다고 생각한 순간 우리 앞에 자동차 서치라이트가 비췄다. 건장한 사람들이 달려와서 양옆에서 팔짱을 끼고 우리를 연행했다. 설악산 관리공단 직원들이었다. 입산 금지구간을 지나왔기 때문에 연행한다고 했다. 케이블카 앞에서 기다리고 있던 다른 형제들이 우리가 시간 내에 오지 않자 조난신고를 한 것이었다. 조난신고를 받고 출동한 관리공단 직원들은 때마침 내려온 우리를 구조하지 않고, 연행했다. 금지구간을 통과했으니 분명한 잘못이었다. 물론 설악산의 화채능선을 본 대가라고 치면, 연행 정도는 감당하고도 남았다.

결국 대망의 2000년 1월 1일 새벽, 우리는 관리공단 일지에 ○○
○ 외 몇 명이라는 기록을 남겼다. 아직 그 일지가 남아 있다면 한
번 보고 싶다.

그 이후로도 매년 겨울이 되면 프산모 겨울 산행을 따라갔다.
힘들 줄 알면서도 가을이 되면 겨울 산행이 기다려졌다. 늘 두 달
전부터 체력 관리에 들어갔다. 하루 30분 이상 달렸고, 기도할 겸
성당에서 108배를 10회씩 했다. 기도와 운동은 묘한 연결점이 있
다. 정신을 하나로 집중시켜서, 복잡한 마음을 단순함으로 이끈
다. 산행도 마찬가지 매력이 있었다. 온몸은 땀범벅이 되지만, 마
음은 하나의 점으로 모이듯 집중되고 가벼워졌다.

유기서원 3년 차, 정확히 몇 번째 프산모 겨울 산행이었는지는
기억나지 않는다. 단지 설악산 대청봉의 엄청난 바람만이 기억에
남아 있다. 대청봉을 몇백 미터 남기지 않은 상황에서 갑자기 10여
미터 앞서가던 형제가 옆으로 넘어지며 굴렀다. 믿기지 않았다. 그
렇게 힘이 센 바람은 처음이었다. 나도 바람 앞에서 발걸음을 옮
길 수 없었다. 마치 레슬링이라도 하듯 내 몸을 쓰러뜨릴 기세였

다. 배낭을 짊어지고 납작 엎드린 채 거북이처럼 기어서 앞으로 나아갔다. 형제들 간의 간격이 벌어졌고, 바람은 더욱 거세게 몰아쳤으며, 해가 지기 시작했다.

그렇게 한참을 바람과 씨름하는데 실베스텔 형제님(당시 유기서원장)이 나타났다. 먼저 산장에 도착해서 배낭을 내려놓고 다시 바람 속으로 되돌아온 것이었다. 그는 힘겨워하는 형제들의 가방을 짊어지고, 우리를 격려해서 산장으로 이끌었다. 산장에 도착해서 보니 하나같이 얼굴에 고드름이 맺혀 있었다. 볼은 동상에 걸린 듯 화끈거렸다. 형제들을 데리러 생사가 걸린 칼바람 속으로 다시 돌아온 실베스텔 형제님의 뒷모습에서 한없는 든든함을 느꼈다. 내가 만약 여자였다면 그 뒷모습에 반했을지도 모른다.

프산모와의 산행은 프란치스칸 수도 공동체의 삶을 비유적으로 일깨워줬다. 그건 바로 형제들과 함께라면 그 어떤 곳이든 갈 수 있다는 믿음이었다.

* † * † * † * 인식론이 장전된 총알이라면, 형이상학은
　　　　　　　내 척추에 박힌 한 방의 총알이었다.

빈 칠판에 숨은 '존재'

작은형제회 수사들과 별로 안 친한 철학 과목이 있다. 그 대표 과목이 인식론과 형이상학이다. 형제들은 이 둘이 F 학점만 아니길 바라며 시험 기간 내내 죽어라 하고 암기했다. 몇몇 뛰어나고 겁 없는 형제들은 프란치스칸다운 논리와 주장을 근거로 지극히 단순한 답안을 작성했다가 어김없이 F 학점을 받았다. 그 형제들의 용기에 지금도 박수를 보내고 싶다. 중세시대에 살았다면 몇 번이고 순교를 했을 형제들이다. 이런 와중에 좀 재수 없게도 나의 인식론과 형이상학 점수에는 A 하고도 플러스가 붙어 있었다. "공부가 제일 쉬웠어요"라고 밥맛없는 말만 골라 하는 우등생처럼, 내겐 인식론과 형이상학이 제일 쉬웠다. 아니, 좋았다. 프란치스칸답지 못한 내 점수에 고개를 숙이며 당시 인식론과 형이상학 수업을 떠올린다.

철학을 배우고 공부하는 시간은 '존재'에 대해 진지하게 생각하는 계기가 되었다. 프란치스칸 영성은 단순한 동시에 직관적 부분이 많았기 때문에, 이성적 판단의 부재가 보충될 필요가 있었는데, 철학 수업은 그것을 메우는 좋은 도구였다. 또 우연히도 철학을 본격적으로 배운 신학교 2학년 시절은 내게 준비된 시간이었다. 청원기, 수련기를 마치고 군대 제대 후 다시 가톨릭대학교 신학과로 복학한 나는, 더는 방황만 하고 있을 나이가 아니었다. 이제 본격적으로 뭔가를 해야 한다는 절박감이 들기 시작할 즈음이었다. 그때 다가온 철학 수업은 뇌리에 각인되었다.

많은 철학 과목 중에 가장 기억에 남은 과목은 인식론과 형이상학이다. 나의 인문학적 자각은 인식론을 배우기 전과 배운 후로 나뉜다. 인식론을 배우기 전 내게 철학이란 그저 술 마시면서 인생을 논하는 개똥철학 정도를 의미했다면, 인식론을 배운 후에는 삶의 가치관이나 지도를 만들 때 쓸 수 있는 유용한 사고 도구를 뜻하게 되었다. 역사 속 수많은 철학자의 사유는 그들이 질문을 던진 대상에 대한 인식에서 출발했다. 그리고 대상을 인식하는 순간이란 한 존재를 결정지을 정도로 의미가 컸다. 이것이 인식론 수업을 들으면서 느낀 첫 번째 강렬함이었다. 세상을 바라보는 인식의 창을 결정하는 일은 너무 중요한 일이었는데, 그 창을 발견해야 한다는 사실을 인식론 수업을 통해서 알았다.

그 뒤로는 수도원에서 프란치스칸 영성을 배우고 체험하면서, 내 시선을 어떻게 하면 프란치스칸적인 눈과 연결할 수 있을지 고민했다. 프란치스칸으로 산다는 것은 프란치스코의 세상 인식법으로 세상을 인지하겠다는 말과 같았다. 그런데 프란치스코의 인식법을 찾다 보면, 결국 예수의 말과 행동과 시선으로 옮겨갔다. 프란치스코의 시선이 늘 예수의 말과 행동에 고정되어 있었기 때문이다. 이런 과정은 차후 신학교 졸업논문에서 신약성서 관련 내용을 다루는 계기가 되었다.

형이상학은 내가 가장 사랑하는 철학 수업이었다. '형상을 뛰어넘는 어떤 것에 대한 학문'이라는 해석 자체가 무척 마음에 들었다. '형이상학'이라는 말은 철학 수업에서 처음 들었다. 어떻게 보면 신비주의 같았으나, 형이상학은 존재의 근원을 묻는 가장 실재적인 수업이었다. 그간 배운 많은 철학의 역사와 인식론적 문제가 결국 형이상학을 논하기 위한 전초전이었다는 생각마저 들었다. 그만큼 형이상학의 질문들은 거의 절대적이었다. 신학에는 교의적 측면이 어느 정도 가미되지만, 형이상학은 신앙인 이전에 인간으로서 가장 순수하게 사유할 수 있는 최상의 방법이었다.

하루는 '존재^{存在}'와 '존재자^{存在者}'에 대한 정의 및 관계를 배웠다. 봄이었는지 가을이었는지는 잘 기억나지 않는다. 정말 화창하고 맑은 날이었다. 교수 신부님은 수업 중 쉬지 않고 존재와 존재자에 대해 설명했다. 관련 내용이 칠판 이곳저곳에 흩어져 있었다. 머리로는 이해가 되었지만 뭔가 부족했다. 존재에 대한 명확한 느낌이 생기지 않았다. 답답했다. 무작정 따라 적던 펜을 내려놓고 칠판 가득 적힌 존재와 존재자라는 단어를 뚫어져라 쳐다봤다. 수업 마치는 종이 울렸고, 교수 신부님은 그대로 교실을 나갔다. 학생들이 떠들기 시작했고, 나는 말 없이 계속 칠판만 응시했다. 오늘 이 순간 존재와 존재자를 알지 못하면 죽을 때까지 모를 것 같았다. 그때 과 대표가 칠판을 지우기 시작했다. 안타까웠다. 저기 적혀 있는 저 단어들 속에서 답을 찾아야 하는데, 칠판은 가차 없이 깨끗이 지워졌다. 다음 수업을 준비하는 과 대표의 뒷모습을 보자 마음이 무너졌다. 존재를 모른 채 이 수업이 저렇게 지워지면, 다시는 물을 엄두를 내지 못할 것 같았다. 그러나 결국 마지막 단어는 지워졌고, 나는 한숨을 쉬며 고개를 떨구었다. 존재는 내가 인지하고자 죽도록 노력한다고 해서 알 수 있는 것이 아니었다. 희망을 품고 시작한 형이상학 수업에서 절망을 느끼며 자리에서 일어났다. 그 순간 깨끗이 지워진 빈 칠판이 내 눈에 들어왔다. 동시에 빈 칠판에 숨어 있던 '존재'가 내 가슴을 칼로 찔렀다. 그렇게 말고는 어찌 다르게 표현할 길이 없다. 나는 '아!' 하는 탄성을 손으로 막고 화장실로 달려갔다. 눈물이 볼을 타고 흐를 새도 없이 변기 위로 주르륵 떨어졌다. 이 순식간에 내가 할 수 있는 것은 흐느낌을 감춘 채 소리 없이 눈물을 흘리는 일뿐이었다. 존재는 그렇게 나를 찌르고 흔적도 없이 다시 내게서 도망쳤다.

되돌아보건대 젊은 날, 그것도 대한민국에서 순수철학을 집중해서 배우고, 또 사유하면서 존재를 찾아갈 수 있었다는 것은 엄청난 행운이었다. 정치와 경제라는 막강한 힘이 작용하는 세상 속에서 살면서도 이 사유가 나를 중심을 세운 채 있게 한다.

요즘 철학이 유행하듯 사람들의 입에 오르내린다. 힘없이 부재하는 듯 보였던 철학이 이렇게 관심받는 것은 그나마 반가운 일이지만, 그 와중에 안타까운 모습을 본다. 철학자들이 어떻게 말했는지에만 관심을 갖고 그 말을 그저 앵무새처럼 읊조리는 인상을 받기 때문이다. 철학의 한계는 유의미함이다. 유의미함 없이 따라 조잘대서는 철학에서 그 어떤 것도 얻을 수 없다. 단 5분이라도 세상 걱정 뒤로하고 '나는 누구인지, 세상에 정말 존재하는 것은 무엇인지' 파고드는 사유의 시간을 가져보자. 그 순간이야말로 그 어떤 철학의 대가가 던진 말보다도 더 값지다. 이 사유의 과정 중에 만나는 철학자들의 한마디는 그제야 유의미함으로 다가와서 뜻밖의 선물을 안겨준다. 철학을 한다는 것은 옛 철학자들의 말을 기억하는 행위가 아니다. 그들처럼 나 자신을 질문 속에 던져서 존재의 흔적들을 짜 맞추는 일이다.

＊ † ＊ † ＊ † ＊ 희곡, 배우, 관객을 연극의 3요소라고 부른다. 여기에
하나를 더해 연극의 4요소라고도 하는데 '무대'가
그것이다. 명상에 잠길 때 중요한 3요소가 있는데
숨쉬기, 가만있기, 홀로 있기다. 마찬가지로 여기에
한 가지를 더해 4요소를 만들 수 있는데, 바로
'응시하기'다. 응시하기는 마치 연극무대의 구석구석을
배치하듯 '나我'와 '남他'을 구석구석 바라보며 진짜와
가짜를 구분한다.

'있음'이 훅 들어왔다

일반적으로 '프란치스코'라고 하면 가난한 성자를 떠올린다. 그리고 탁발 수도자를 생각한다. 맞는 말이다. 사실 프란치스코는 상당한 수준의 직관력으로 묵상에 잠긴 명상가이기도 했다. 실제로 작은형제회의 역사에는 깊은 수준의 명상을 했던 성인이 많은데, 대부분 프란치스칸이란 이름 때문에 탁발 수도승으로 기억된다.

형제들이 오손도손 정답게 사는 것도 좋고, 싸우는 것도 좋고, 프란치스칸이라는 이름으로 거지 떼마냥 맨발에 샌들 신고 우르르 몰려다니는 것도 좋았다. 하지만 작은형제회 수사로서 가장 값진 보석을 한 가지 얻은 게 있다면 그것은 바로 '좌관坐觀'이다. 한자 그대로 풀이하자면 '앉아서 보는 것'이다. 일반적으로 '명상' 또는 '묵상'이라고 표현한다.

정식으로 좌관을 배운 것은 유기서원 1년 차 때다. 한국 작은 형제회의 보나벤투라 수사님이 이 분야의 전문가였다. 현대의 몇 안 되는 '바라봄의 대가'라고 해도 과언이 아닐 듯싶다. 성격이 좀 예민해서 그를 안 좋아하는 형제들도 있었지만, 나로서는 그분과 한 수도원에서 좌관을 배운 것만으로도 여한이 없다. 겁 없이 수도원을 나올 수 있었던 것도, 어찌 보면 좌관이라는 소중한 무기를 손에 쥐었기 때문이다.

좌관을 이야기하기에 앞서, 왜 바라보아야 하는지 그 이유를 알아야 한다. 우리는 보통 명상을 하면 마음이 편해지고 고요해질 거라 생각한다. 즉 평정심을 유지하기 위한 방법으로 명상을 시도한다. 하지만 좌관은 그러한 평화로움과 거리가 멀다. 오히려 하면 할수록 칼을 갈듯 날카로워진다. 좌관은 인간의 직관력을 극한으로 끌어올리는 최상의 방법이다. 직관은 논리를 필요로 하지 않는다. 그리고 분리 또는 분류하느라 시간을 허비하지 않는다. 직접 바라보기 때문이다. 어떤 영적인 능력이 있어서 신비체험을 한다는 이들은 셋 중 하나일 가능성이 크다. 그것을 체험한 척하는 사람이거나, 정신착란 증상이 있거나 실제로 직관력이 뛰어난 사람이다. 눈으로 보지 않고 믿을 수 있는 진정한 이유는 인간 내면에 직관의 눈이 있기 때문이다. 이 직관을 훈련시키는 직접적인 방법이 바로 좌관이며, 이것은 형이상학적 사유와 매우 흡사하다. 군더더기 없이 '있음'[‡]을 바라보고, 있음 그 자체가 된다.

나는 좌관을 종교적 명상에 국한시키고 싶지 않다. 세상에 업적을 이루었다고 하는 이들을 보면 자신의 직관을 최대치로 활용한 사람이 많다. 그 유명한 스티브 잡스도 자신의 직관을 따라야 한다고 밝혔으며, 그가 매일 일정 시간 명상을 했다는 일화는 유명하다.

나는 신비체험을 원하지 않았다. 그리고 지금도 원하지 않는다. 허공에 뜬 것 같은 생활은 나와 어울리지 않았다. 나는 체계적인 것을 좋아했고, 지금도 그러한 방식으로 세상을 살아간다. 이런 내가 직관을 강조하는 이유는, 그리고 그 능력을 배가시키는

---

‡ '있음'이라는 말이 무슨 말인지 궁금할 수 있다. 나는 철학의 '존재'라는 표현을 있음으로 사용한다. '존재자'는 '있는 것'이라고 표현한다. 내게는 그 표현이 더 받아들이기 쉽다.

좌관을 중시하는 이유는, 세상을 있는 그대로 알아차릴 수 있기 때문이다. 그것은 흘러가는 세상에 휩쓸리지 않는 어떤 것을 준다. 어떤 이들은 그것을 진리라 하고, 어떤 이는 그것을 도道라 하고, 어떤 이는 그것을 절대적 기준이라 한다. 나는 그것을 있음이라 부르고 알아차린다. 보나벤투라 수사님의 가르침은 내게 철학적 사유를 넘어설 길을 보여줬다.

좌관의 기본은 '숨쉬기'다. 아주 천천히 숨을 쉬고 더 천천히 숨을 내쉰다. 오직 숨 쉬는 것에만 집중한다. 보통 가부좌를 틀고 앉지만 초보자는 의자에 앉아서 하기도 한다. 어떤 생각이나 기억의 잔상을 따라가지 않고, 그저 천천히 숨을 쉰다. 잠시 다른 생각에 빠져들었다가도 그런 자기를 인식하고는 다시 숨 쉬는 일에 집중한다. 그렇게 생각을 멈추고 들이마시고 내쉬는 숨에만 천천히 집중을 하다 보면 어느 순간 '있는 상태'에 머물게 된다.

필리핀 교환학생 시절, 점심 식사 후 두 시간이 무척 무더웠다. 그 시간에는 외출을 삼가고 잠시 낮잠을 자기도 했다. 나는 그때 방에 앉아서 좌관을 했다. 에어컨 없는 방에서 더위를 피하려면 가만히 앉아 있는 것이 최선이었다. 가만히 있기만 해도 땀은 셔츠를 흥건히 적셨고, 지치면 그대로 침대에 쓰러져서 잠시 누웠다.

그러던 어느 날이었다. 머물던 수도원에서 나와 며칠 동안 피정避靜✝을 떠났다. 필리핀 고산 지대에 속한 지역으로 갔는데, 공기가 서늘해서 소나무가 자라고 있었다. 그곳에는 신자가 수도원에 기증한 주택이 있었다. 형제들이 사목활동에 지치면 잠시 피정하는 곳으로 사용하는 고급 주택이었다. 그곳의 방 하나를 빌려서 일주일 정도 머물렀다. 거기에서 관리인이 해주는 밥을 먹으며 내가 한 일은 딱 두 가지였다. 조용히 주변 산을 산책하거나 방에 앉아서 좌관에 머무는 일이었다. 그것 말고는 일부러 뭘 하지 않았다. 온통 집중해서 최대한 가만히 있는 데만 힘을 모았다.

그곳에 머문 지 삼일쯤 지난 어느 날 오후, 산책을 마치고 방에 들어와 몸을 풀고 본격적으로 좌관에 들어갔다. 갑자기 내 몸이 안테나가 된 것 같았다. 스치는 모든 주파수를 감지하는 안테나처

✝ 일상생활에서 벗어나 성당이나 수도원 같은 곳에서
묵상이나 기도를 하며 자신을 살피는 일

럼 모든 신경이 있음에 집중되었다. 그 순간 갑자기 있음이 훅 하고 들어왔다. 억! 소리를 내기도 전에 진한 눈물이 쏟아졌다. 이 상황을 의식으로 인식하고는 다시 평상으로 돌아왔다. 그 짧고 강렬하면서도 날카로운 체험은 나로 하여금 계속 좌관에 머물고 싶다는 생각을 하게 했다. 그 일이 있은 뒤부터 내게 수도원 담장은 큰 의미가 없어졌다. 내가 있음의 상태에 머무는 순간이 내게는 수도원 담장이 되었다.

* † * † * † * 질문을 던져본다. 삶이 더 아름다울까? 죽음이 더
아름다울까? 가끔씩 이상하게도 '죽음이 삶보다
더 아름다워요'라고 말하고 싶을 때가 있다. '빛은
가식적이고 어둠이 진실하다'라고 말하고 싶을
때가 있다. 특히 죽은 이들을 마주하고 있을 때
그들이 내게 그렇게 말하는 듯했다.

죽음을 응시하다

필리핀 작은형제회가 활동하는 빈민 지역 공동체를 찾아갔을 때의 일이다. 그곳은 좁은 골목에 얼기설기 지은 이층집이 즐비한 동네였다. 낮에 그곳을 걷노라면 찜질방을 거니는 착각이 들 정도로 더웠다. 그래서 한낮에는 더위를 견디며 가만히 있다가 오후 늦게 마을을 혼자 둘러보았다. 얼마쯤 걸었을까, 골목 어느 집에서 슬피 우는 소리가 들렸다. 무슨 일인가 싶어 나도 모르게 그 집으로 들어갔다. 꽃 장식을 한 하얀 관에 내 또래 젊은이가 누워 있었다. 젊은이의 아버지와 동생들로 보이는 아이들이 그 옆에 앉아서 울었다. 초상집이었다. 찾아오는 사람도 별로 없었다. 이웃들이 곁에 앉아서 위로를 해주는 듯했다. 낯선 이의 갑작스런 방문에 사람들의 시선이 나를 향했다. 나는 그들에게 고개 숙여 인사하고는 관 옆으로 다가가 성호를 긋고 잠시 기도했다. 그러자 망자의 아버지로 보이는 분이 다가왔다. 나는 내 소개를 하며 구슬픈 소리가 들려서 그냥 지나칠 수 없었다고 말했다. 그는 내 손을 덥석 잡고서 연신 고맙다고 했다. 그러고는 자초지종을 설명했다.

"보다시피 집은 가난하지만 착하고 성실했던 아들 덕분에 조금씩 생활이 나아지고 있었어요. 애 엄마는 병에 걸려서 일찍 죽었고, 나는 몸을 다쳐서 첫째가 택시 기사 일을 해서 가족을 돌봤습니다. 그런데 그 아이가 어젯밤 택시 강도를 만나서 그만 칼에 찔려 숨졌어요. 몸 여러 군데 칼자국이 있었는데, 사람들에게 발견된 뒤에는 이미 숨을 거둔 뒤였죠. 돈을 뺏기지 않으려 저항하다 그리된 것 같아요."

이야기를 듣자 나도 모르게 눈물이 볼을 타고 목덜미로 흘러내렸다. 다음 날 장례식에 와줄 수 있느냐고 묻는 그에게, 나는 아드님의 마지막 가는 길에 함께하겠다고 약속하고 수도원으로 돌아왔다.

수도원으로 돌아와서 방 침대에 눕자 아픔이 가슴을 덮쳤다. 죽음을 목격한 한 인간으로서, 또 억울한 죽음을 바라본 한 인간으로서, 그 앞에서 어떤 온전함도 다 맥없이 무너지는 인간 본연의 나약함에 화가 났다. 아들을 보낸 아비의 한없이 슬픈 눈동자를 본 내게도 슬픔이 무한처럼 쏟아졌다. 죽음 앞에 유한한 인간과 그것을 인지하는 인간의 무한한 슬픔이 교차하는 밤이었다.

다음 날 오전, 약속대로 장례식에 참석했다. 한 사제가 장례미사를 진행했고, 젊은이는 가까운 공동묘지에 안치되었다. 죽어서도 빈부의 차이는 극복될 수 없는 듯 보였다. 시멘트로 만든 벌집 구멍 같은 공간에 관을 밀어 넣고 뚜껑으로 입구를 막았다. 그리고 그 뚜껑을 방금 갠 시멘트로 봉했다. 마지막 몸 누일 장소도 좁디좁은 공간이었다. 주변에 다른 으리으리한 묘지들이 눈에 들어왔다. 이층집 모양의 묘지도 있었다. 표현하기 힘든 허탈감이 밀려왔다.

그로부터 몇 개월 지나서, 나는 혼자 그 공동묘지를 찾았다. 많은 벌집 구멍 속에서 젊은이의 자리를 금방 찾을 수 있었다. 그의 아버지가 그 자리에 꽃을 올리고 있었다. 공동묘지 주변에서 자라는 노란 꽃이었다. 그는 나를 알아보고 이렇게 다시 와줘서 고맙다고 했다. 그러면서 매일 여기 와서 아들을 보면 그나마 위로가 되는데, 2년 뒤에도 계속 찾아올 수 있을지 걱정했다. 이 묘지는 임대한 것이라 2년 뒤에 돈을 더 내지 못하면 시신을 더 먼 외곽으로 옮겨야 한다는 것이었다. 그렇게 되면 이 아버지는 아들을 매일 보지도 못할 터였다. 죽은 이조차도 편히 눈감지 못하게 하는 세상이 정말 기름 낀 비곗덩어리 같다는 생각이 들었다.

필리핀에서 1년간의 생활을 마치고 잠시 태국에 들렀다. 그곳에는 세계 각국의 작은형제들이 모여 공동체를 이룬 공간이 있었다. 에이즈 환자의 임종을 돕는 요양원을 운영하는 프란치스칸 공동체였다. 동기 형제 중에 박 루가 형제가 호스피스에 관심이 많아서 함께 방문하게 되었다.

그 공동체는 도심에서 벗어난 외곽에 있었다. 인근에 커다란 연못이 있고 주위가 담으로 둘러싸여 있어서 고즈넉했다. 우리는 약 일주일간 그곳에 머무르며 에이즈 환자를 돌보는 형제들과 만남의 시간을 가졌다. 사실 우리가 그곳에 해줄 수 있는 것은 없었다. 또 다른 작은형제들의 삶의 방식을 바라보는 게 전부였다. 에이즈 환자의 상처에 연고를 발라주고, 같이 이야기를 나누고 마지막 임종을 지키는 모습에서 큰 감동을 느꼈다. 많은 에이즈 환자가 가족들에게 버림받고, 거리로 내몰려 죽음을 맞는다고 했다.

그나마 이 요양원에 들어온 이들은 돌봄 속에서 죽음을 맞을 수 있는 선물을 받은 사람들이었다.

한번은 요양실을 둘러보는데, 한 에이즈 환자의 머리맡에 얼음 담긴 냉커피가 놓여 있었다. 그리고 그를 돌보는 형제는 음식을 제대로 소화하기도 어려워 보이는 환자에게 냉커피를 조심스레 먹였다. 도대체 무슨 일인가 싶어, 커피를 주고 있는 게 맞느냐고 물었다. 상식적으로 환자에게 굳이 먹일 이유가 없는 음료였다.

호스피스를 담당하는 형제는 이곳에 들어온 모든 사람은 딱 한 번 소원을 말할 기회가 있다고 했다. 그리고 그 소원이 음식이라면, 무엇이든 만들어준다는 것이었다. 건강할 때 커피를 즐겨 마시던 그 환자는 마지막 소원으로 시원한 냉커피를 요청했고, 지금 그의 소원이 이루어지고 있었다. 거친 숨을 몰아쉬는 고통의 와중에 들이키는 생의 마지막 커피가 그의 삶을 대변하는 듯했다. 죽음 앞에서 더욱 간절해지는 일상의 행복은, 커피 한잔이면 충분하다고 말하는 것 같았다.

저녁 식사 후, 나는 혼자 그 요양실을 찾았다. 반쯤 감은 눈을 허공으로 향한 채 거친 숨을 쉬며 누운 환자의 표정에는 주름과 고통이 가득했다. 죽음을 향해 마지막 달음박질치는 그를 보자니 두려움이 몰려왔다. 누구도 예외 없이 저 고통의 순간을 맞이해야 한다는 두려움, 죽음 너머로 모든 게 사라지는 덧없음과 마주해야 한다는 두려움이었다. 그리고 과연 생의 마지막 순간에 움켜쥔 것들을 내려놓을 수 있을까? 하는 의구심도 함께 들었다. 그러자 나라는 존재가 참으로 덧없는 형상처럼 느껴졌다. 종교에서 말하는 '영원한 삶에 대한 믿음'은 내가 죽는다는 사실을 망각한 채 겁 없이 내뱉는 힘없는 말장난 같았다. 영원을 말하기에 앞서 처절하게 죽음을 응시해야 한다는 절박함이 나를 스쳤다.

* † * † * † * 극단적으로 말해서 세상에 부자가 아닌 사람은
아무것도 가지지 않은 사람뿐이다. 프란치스코는
이를 잘 알고 있었다. 그는 완벽하게 아무것도
가지지 않았다. 결론적으로 하늘나라에는 예수와
프란치스코 두 명밖에 없을 듯싶다. 그러니 더 많은
사람을 하늘나라에 들어가게 하는 방법은
한 가지밖에 없어 보인다. 프란치스코처럼 혼자
살겠다고 다 버리지 말고, 모두가 최대한 나누어
가지면서 부자와 가난한 자의 간극을 최대한
없애는 것이다.

비교체험 극과 극

필리핀 민다나오에 꼭 가보고 싶었다. 하지만 당시 필리핀 작은 형제회에서 양성 담당을 맡은 제롬 형제는 민다나오 방문을 허락하지 않았다. 그는 마음이 참 따뜻한 형제로, 내 모든 요청을 대부분 다 수용했지만 안전상의 이유로 민다나오만은 허락하지 않았다. 필리핀에 와서 민다나오를 가보지 못한 채 돌아가면 후회할 것 같았지만 순종해야 했다. 그것이 더 가치 있는 일이었다.

지금은 민다나오 지역에 가톨릭과 이슬람 간 평화협정이 맺어졌지만 당시에는 그렇지 못했다. 근 40년간 이어진 종교분쟁 속에서 정부군과 반정부군이 대립하며 약 12만 명의 사망자를 낸 지역이었다. 평균적으로 매년 약 3천 명 정도의 사망자가 발생한 셈이다. 갓 임관한 필리핀 정부군 장교가 민다나오에 도착한 지 며칠 만에 전사했다는 뉴스를 보기도 했다.

작은형제회는 이처럼 극심한 분쟁 지역을 방문하는 걸 허락하지 않았다. 그렇다고 마치 어학연수하듯 필리핀에 머무르는 건 별 의미가 없었기에 어학원은 4개월만 다니고 그만두기로 했다. 대신 필리핀 곳곳에 있는 작은형제들의 공동체를 구석구석 방문하기로 했다. 당시 필리핀에 함께 있던 루가와 모세 형제도 생각이 같아서, 우리는 4개월째 되던 날 함께 어학원을 나왔다.

그렇게 어학원 코스를 마치고 방문하고픈 지역을 제롬 형제와 조율하던 중이었다. 하루는 제롬 형제가 식사에 초대받았다며 우리 동기 셋을 어디론가 데리고 갔다. 근사한 승용차가 우리를 마중 나왔다. 목적지는 우리가 머무는 공동체에서 그리 멀지 않은 도심 한가운데 있었다. 우리는 일반 가정집을 방문할 기회를 얻은 줄 알고 기뻐하며 따라나섰다. 그런데 그 집으로 들어가는 대문은 어지간한 학교 정문보다 크고 높았다. 경비가 혼자 밀기에도 힘들어 보이는 두툼한 철문이었다. 철문 안과 밖에 경비가 서 있었고, 그 손에는 레밍턴 소총을 들고 있었다. 국가의 주요기관이나 국방 관련 비밀 연구소에 들어가는 줄 알았다.

삼엄한 경비를 받으며, 높고 크고 두툼한 철창문을 지나서 진입한 그곳에 아파트 한 동 크기의 건물이 보였다. 어떤 사람들이 사는 곳이기에 이렇게 경비가 삼엄한지 궁금했다. 우리는 아파트 옥상으로 안내받았다. 옥상에서는 마을이 한눈에 보였다. 옥상에 마련된 천막이 바로 만찬장이었다. 그곳으로 들어서자 먼저 착석해 있던 한 가족이 우리를 반겼다. 제롬 형제가 그들에게 우리를 소개시켰다.

나는 필리핀에서는 일반적으로 아파트 옥상을 빌려서 잔치를 하는구나 하고 생각했다. 그런데 왜 아파트에 거주하는 다른 사람들은 부르지 않는지 궁금했다. 친구는 물론이고 이웃까지 초대해도 될 법한 푸짐한 상차림이었기 때문이다. 잠시 후 그 이유를 알았다. 이 아파트 한 동 전체가 한 가정 소유였다. 삼대가 함께 모여서 산다고 했다. 아무리 삼대가 한데 모여 산들 아파트 한 동을 통째로 사서 거주하리라고는 상상도 못 했다. 일반 대저택보다 경비가 용이하고, 함께 살면서도 독립된 공간을 확보하는 데 아파트가 좋아서 통째로 구입했다고 했다. 경제적으로 평범한 사람들이 아니었다.

일반적으로 필리핀 사람들은 영어와 타갈로그어를 섞어서 쓰는데, 그들은 타갈로그어를 거의 쓰지 않았다. 영어 발음도 좋고 고급스러운 어휘를 썼다. 이 중국계 필리핀인들은 평범한 필리핀 사람들과 별세계에서 사는 듯했다. 언젠가 중국계 필리피노들이 필리핀 경제를 상당 부분 좌우한다는 이야기를 들은 기억이 났다.
만찬은 신나게 웃고 떠드는 분위기는 아니었다. 유머가 적당히 오
갔지만 기본적으로 격식을 차리는 느낌이었다. 그날은 그렇게 생
소한 환경 속에서 식사를 마치고 수도원으로 돌아왔다.

　며칠 뒤, 제롬 형제는 또 다른 식사에 초대받았다며 동행을 권
했다. 우리는 또 어떤 곳에 초대받았을지 궁금해서 그를 따라나섰
다. 이번 장소 또한 우리가 머무는 공동체에서 그리 멀지 않은 도
심 한가운데 있었다. 골목이 비좁아서 도중에 차에서 내려 걸어 들
어갔다. 오후 시간이 지났음에도 골목 흙바닥은 열기로 후끈했다.
그런 곳에서 초등학생과 중고등학생이 뒤엉켜 웃통을 벗은 채 농
구를 하고 있었다. 농구공에는 군데군데 천을 덧대어 본드로 붙인
자국이 보였고, 아이들 대부분은 맨발이었다. 몇몇은 신발을 신었
지만 그것도 곧 끊어질 듯한 '쫄쫄이' 슬리퍼였다. 골목을 15분 정
도 더 걸어 들어가니 아주 허름한 건물이 보였다. 마을의 공소✝인

✝ 신부가 상주하지 않고 주기적으로 방문해서 미사를
　집전하는 작은 성당

모양이었다. 이곳에는 오래된 십자고상十字苦像이 있었고, 제단을 평범한 탁자가 대신하고 있었다. 제롬 형제가 그곳에서 미사를 집전한 후 한 가정을 방문했다. 그 가정에 축하할 일이 생겨서 우리를 저녁 식사에 초대한 것이었다.

식사 장소는 좁았고 아이들이 많았다. 음식은 나름 다양했다. 동네 주민들이 다 온 것 같았다. 작은 집이 사람과 음식으로 가득 찼다. 앉을 공간이 없어서 다들 접시를 든 채로 서서 음식을 먹었다. 시끄러웠지만 웃음이 끊이지 않았다. 그들은 우리가 잘 알아듣지 못하는 타갈로그어를 주로 썼고, 간간이 영어 단어를 섞었다. 한국에서 온 우리에게 스스럼없이 말을 건넸고 어떤 사람은 어깨를 툭 치며 장난을 걸기도 했다.

당시 제롬 형제가 어떤 의도로 경제적으로 극과 극에 있는 두 가정의 식사에 우리를 데려갔는지는 잘 모르겠다. 하지만 두 가정에 다녀온 후 생각할 거리가 많아졌다. 돌아와서 동기 형제들과 가난한 지역을 다닐 기회를 더 만들자고 이야기했다. 부자들이 뭔가를 잘못했다는 뜻이 아니었다. 단지 작은형제라면 가난한 이들과 한 걸음이라도 더 가까운 곳에 있어야 한다는 생각이었다. 근

거는 단순했다. 프란치스코라면 그렇게 했을 거라는 이유 한 가지
였다.

　필리핀 도심에서 조금만 벗어나도 쓰레기 더미가 산처럼 쌓
인 곳을 어렵지 않게 볼 수 있다. 많은 아이들이 그곳에서 쓰레기
를 주우며 생활한다. 쓰레기 더미 위에 아예 판자촌 마을이 들어
선 곳도 많았다. 하루는 그 곁을 지나다가 쓰레기 더미 사이에 앉
아서 똥을 누는 서너 살쯤 된 사내아이를 보았다. 늘 있는 일인 듯
화장실도 없이 쓰레기 더미 사이에서 큰일을 보는데, 그 모습이
너무 사랑스러웠다. 힘주고 있는 얼굴이 귀엽기까지 했다. 쓰레기
더미에 한 송이 꽃이 핀 듯했다. 나도 모르게 가던 길을 멈추고, 그
곳으로 천천히 발걸음을 옮겼다. 아이는 큰일을 다 끝내고, 뒤처리
도 하지 않은 채 다시 쓰레기를 줍기 위해 주변을 뒤적였다. 어느
새 나는 아이가 똥을 누던 자리까지 오게 되었다. 아이가 떠난 빈
자리를 무심코 바라보았다. 쓰레기 더미 속에 아이의 기운이 남
아 있는 듯했다. 잠시 후 그 속에서 뭔가 움직이는 것이 보였다. 아
이의 똥은 일반적인 똥이 아니었다. 검붉은 진흙처럼 끈적했다. 그
사이로 하얀 지렁이처럼 생긴 기생충이 뒤엉켜 꿈틀대고 있었다.

순간 가슴이 울컥했다. 고개를 들어 아이를 찾았다. 그는 천진난만하게 쓰레기 더미를 뒤지며 친구들과 장난을 쳤다. 해맑게 웃는 모습에 가슴이 더 아팠다. 아이들을 이런 극빈 상태에서 내버려두는 건 정말 몹쓸 짓이라는 생각이 들었다. 마음에 구멍이 난 듯 아프면서도 아이들을 저 꼴로 방치하는 세상에 화가 났다. 오 헨리 단편집에 나오는 소설의 한 대목이 떠올랐다.

"가난이란 걸 만든 사람에게 주먹을 한 방 날리고 싶다."

* † * † * † * 필리핀 한적한 바닷가 마을 조그만 성당에서
우연이라고 하기에는 우스운 일이 일어났다.
아니, 황당한 일이라는 말이 더 어울릴 것이다.
가만히 살펴보면 계획된 일보다는 우연한 상황이
삶에서 더 큰 힘을 발휘할 때가 많다.

전갈 형제의 죽음

필리핀 세부 지역 외딴 시골 바닷가 마을이었다. 마을 이름은 기억나지 않는다. 해안가를 따라서 마을이 여러 개 있었고 마을마다 작은 성당이 있었다. 하지만 모든 성당에 사제가 다 상주하지는 못하는 상황이었다. 신부 한 명이 일정 간격으로 그곳을 방문해 미사를 집전했다. 가톨릭 신자 수에 비해 사제 수가 부족했다.

그곳에는 제법 근사하게 꾸며진 아담한 성당이 있었는데, 꽤 오래되어 보였다. 내부는 황금색으로 꾸며져 있었고, 정성스레 조각한 장식이 복잡할 정도로 달려 있었다. 그곳 담당 사제 형제가 우리에게 성당 내부 페인트칠을 요청했다. 오랜 세월 탓인지 중간중간 황금색 페인트가 벗겨진 곳이 많았다. 우리는 기꺼이 하루 날을 잡아서 정성껏 페인트칠을 했다.

날씨는 더웠지만 적당한 노동이 기분을 상쾌하게 만들었다. 상단부 칠을 끝내고 하단부 작업을 하는 중이었다. 벽면 아래쪽을 칠하기 위해 구부정하게 앉으니 자세가 영 불편했다. 결국 그냥 바닥에 주저앉아서 칠했다. 그런데 바닥에 돌멩이가 있는지 깔고 앉은 엉덩이가 자꾸 걸리적거렸다. 그렇다고 들고 있던 페인트 통과 붓을 내려놓고 다시 일어서기는 더 귀찮았다. 그렇게 자리를 잡느라 엉덩이 근육에 힘을 주고 뒤척이며 벽면 아래쪽 페인트칠을 마무리했다.

그렇게 바닥 부분까지 깔끔히 칠한 뒤 옆으로 이동하기 위해 자리에서 일어서는 순간 깜짝 놀랐다. 내가 돌멩이라 생각하고 깔고 앉은 게 실은 전갈이었다. 전갈은 내 엄지손가락보다 조금 컸다. 나는 기겁하며 제자리에서 펄쩍 뛰었는데, 전갈은 이미 내 엉덩이에 깔려 장렬히 압사당한 뒤였다. 그렇게 납작해진 전갈의 모습을 보자 좀 웃긴 상상이 들었다.

'내가 돌멩이라고 느낀 순간 자리에서 일어났다면 전갈은 죽지 않고 내 엉덩이에 사정없이 독침을 박아 넣었겠지. 그러면 나는 한적한 필리핀 시골 마을에서 퉁퉁 부은 엉덩이를 드러낸 채 사경을 헤매고 있었겠군. 아픈 나를 위해 옆에서 간호하며 기도하는 모세와 루가 형제는 그런 모습을 보고 웃어야 할지 울어야 할지 난감했을 거야.'

심각한 상황이 될 뻔했지만 그런 생각이 들자 자꾸 웃음이 나왔다. 그러다가 내 엉덩이에 깔려 죽은 운 나쁜 전갈을 바라보았다. 쥐포처럼 납작해진 형태가 우스웠다. 그 뒤로 웃긴 상상은 계속되었다.

'엉덩이가 퉁퉁 부은 채로 사경을 헤매다 해독제가 너무 늦게 도착해서 나는 유명을 달리했을 거야. 내 영혼은 하늘나라 천국 문 앞에서 문지기 베드로 사도⁺를 만나 문을 열어 달라고 떼를 썼겠지. 베드로는 이러지 않았을까. 엉덩이에 전갈 물려 죽은 프란치스칸은 수도회가 생긴 이래 네가 처음이라고. 그러고는 망설였을지도 몰라. 프란치스칸으로 살면서 뭐 특별히 잘한 것도 없는 나를 위해 천국 문을 열어줄지 말지를 말이야. 그래도 결국 문을 열

⁺ 가톨릭에서는 베드로를 천국 문을 지키는 문지기로
  묘사하곤 한다.

어쳤을 거야. 그리고 천국 문지기 업무 일지에는 이렇게 적어놓았
겠지.'

천국 문 출입 일지		
담당자		사도 베드로
이름	소속	천국 출입 허가사유
김 가브리엘 수사	작은 형제회	거룩한 뜻을 가지고 수도원에 입회한 것도 아니며, 수도원에 입회해서 기도보다 담배 피우는 시간이 더 많았음. 군대에서 초코파이에 눈이 어두워 주일이면 성당보다 교회와 법당을 더 뻔질나게 들락거림. 프란치스칸답지 않게 책만 많이 읽고, 별로 하는 일도 없이 빈둥거리며 살았음. 하지만 운 좋게 거룩한 성당을 수리하다가 전갈이 엉덩이를 쏘아 어이없이 사망. 성당 수리하다 죽었으니 어쩔 수 없이 천국법에 따라 순직 처리하고 천국 문 열어줌. 억수로 땡잡았음.
김 00 신부	00 교구	50년을 한결같이 사제로서 열심히 기도하고 미사 집전함. 특히 그 중 30년은 독거노인을 위해 꾸준히 헌신 봉사했음. 투병 중에도 자기 몸을 돌보기보다 타인을 돌보다가 사망. 무조건 천국 출입 가능.
박 00 수녀	00 수녀회	60년 동안 00수녀회 소속 수녀로서 평생 가난한 이들을 위해 무료 밥집을 운영하며 배고픈 이들에게 따뜻한 밥을 해줌. 힘겨운 노동 사목 중에도 늘 기도를 열심히 해 걸어 다니는 성무일도라는 별명으로 불리움. 이 밖에도 천국 갈 사유가 너무 많아 나열 못 함.

지금도 그때 생각을 하면 웃음이 나온다. 전갈을 성당 앞마당에 정성스레 묻고는 조그만 나무 십자가를 꽂아줬다. 나무 십자가에는 작은 팻말을 붙였다.

"성당에서 기도하다가 압사당한 거룩한 전갈 형제를 위해."

그렇게 성당 페인트칠을 마치고 나서 그곳에 며칠간 머무르며 휴식을 취했다. 바닷가 마을은 아름답고 평화로웠다. 필리핀 아이들은 수영복도 입지 않은 채 맨몸으로 해변에서 뛰어놀았다. 우리는 휴양 온 듯, 수영도 하고 코코넛도 먹으며 여유 있게 시간을 보냈다.

그렇게 푹 쉬다 보니 떠날 날이 되었다. 그래도 명색이 수도자인데 너무 놀기만 하고 가는 것 같아서 성당에 들어가 잠시 가만히 앉았다. 조용히 고요를 즐기는데 십자가상 속 예수의 시선이 눈에 들어왔다. 그 시선을 따라가 보니 예수는 전갈이 깔려 죽었던 자리를 보고 있었다. 뭔가 많이 아쉬운 표정이었다. 나는 무릎 꿇고 앉아 경건하게 기도했다.

"예수님, 당신의 아쉬운 표정을 보니 살려주셔서 감사하다는 인사는 하지 않겠습니다. 무슨 이유인지는 모르겠지만 저를 좀 빨리 데려가시려 한 것 같은데, 그래도 이건 아니죠. 엉덩이에 전갈이라뇨. 다음에는 좀 더 품위 있는 방법을 생각해주시길. 아멘."

* † * † * † * 지금도 이유는 잘 모른다. 나는 처음 보는 골목을
지날 때면 그냥 한 번씩 들어가본다. 필리핀에서도
그랬다. 조용하고 평화로운 바닷가 마을, 한가로이
해변에서 노닐다가도 어느새 등 뒤로 보이는 밀림 속
으슥한 길로 발걸음을 옮겼다. 처음 발걸음을 뗄 때만
조금 망설였을 뿐이다. 발길을 돌리는 매 순간 내 안의
족쇄가 모래처럼 부서짐을 느꼈다.

밀림을 헤매다

나는 동기 형제인 모세, 루가와 함께 바닷가 마을의 조그만 성당에서 머물렀다. 평화로운 시간이었다. 딱히 강의나 수업도 없었고, 성당의 소일거리를 도와주거나 가끔 본당 신부님의 사목활동을 따라다니면서 마을 사람들의 삶을 가까이서 바라보는 게 전부였다. 해안에 있는 마을이었지만 본당 사목은 그곳에 국한되지 않고 깊은 산골짜기까지 이어졌다. 신부는 한 명이고 구역은 너무 넓었기 때문에 한 달에 한 번 방문해도 다 돌아보기 어려울 듯했다. 그럼에도 산골짜기마다 신자들로만 구성된 작은 공동체가 있어서, 정기적으로 소모임을 갖고 신앙을 지속하는 게 신기했다.

날씨가 화창한 어느 날 아침, 문득 산행이 하고 싶어졌다. 루가, 모세 모두 산을 좋아하는 타입이 아니라서 혼자 나섰다. 매일 해변에서 수영하는 것도 지겨워진 참이었다. 마을 사람들에게 주변

산에 대해 물었지만 별로 소득이 없었다. 사냥꾼이나 야자열매 관리하는 사람 정도만 산에 다닌다고 했다. 마을 사람들은 산에 별 관심이 없었다. 결국 제대로 된 정보도 없이 혼자서 간단한 채비만 하고 떠났다.

마실 물, 비스킷 조금, 우비, 지팡이, 나침반, 단도를 챙겼다. 단도는 혹시 모를 위험 상황에 대비하기 위한 물건이었다. 사실 이렇게 준비하는 건 그다지 프란치스칸답지 않았다. 프란치스코 성인은 어딘가로 떠날 때, 아무것도 가지고 다니지 말라고 당시 형제들에게 당부했다. 당시 난 프란치스칸 수사라기보다, 마치 탐험가 같은 마음가짐으로 산을 향했다. 미지를 향해 가는 것이었다.

지상에서 바라보았을 때 가장 높은 봉우리를 목표로 삼아 간단하게 예상 이동 경로를 그렸다. 능선을 따라 이동하는 계획이었다. 이 그림지도를 루가 형제에게 건네면서, 만일 해가 지도록 내가 돌아오지 않으면 이 지도를 보고 찾아와달라고 부탁했다.

출발부터 만만치 않았다. 길 없는 밀림은 처음이었다. 단도를 가지고 헤치고 나가기에는 역부족이었다. 결국 지팡이로 시야를 내고 길을 만들어서 능선까지 곧장 올라갔다. 능선까지만 올라가면 훨씬 수월할 것 같았다. 마지막 나무줄기를 걷어내며 능선 위에 올랐을 때, 놀라운 광경이 펼쳐졌다. 밀림이 끝없이 나타날 거라 예상했는데, 잔디로 뒤덮인 산등성이가 나타났다. 마치 골프장에 들어온 듯한 착각이 들 정도였다.

산등성이 너머로 움막이 보였다. 나는 움막까지 걸어가서 잠시 휴식을 취했다. 물도 마시고 비스킷도 먹었다. 아무도 없는 움막이었지만 깨끗이 정리되어 있었다. 사냥꾼이 사용하는 움막 같았다. 움막 창문으로 보이는 산등성이 너머로 바다가 보였다. 평화롭고 아름다운 광경이었다.

잠시 휴식을 취한 나는 본격적으로 능선을 따라갔다. 목표 지점인 산봉우리를 향해 걸음을 옮겼다. 나침반으로 진행 방향을 확인했다. 골짜기나 깊은 숲에서 방향을 잃지 않기 위한 예방책이었다. 갈림길이 나올 때마다 나뭇가지를 분질러서 내가 지나온 길을 표시했다. 나중에 돌아갈 때 길을 잃지 않기 위해서였다. 그렇게 두 시간쯤 계속 걸었다. 고요하니 내 발소리만 들렸다. 문득 두려워졌다. 독사, 전갈, 독충이 바글거리는 밀림에서 가이드도 없이 참 무모한 걸음을 하고 있었다. 단지 뭔가 새로운 일을 하고 싶다는 생각 하나가 전부였다. 그렇게 두려움 반, 호기심 반으로 들어선 산 깊숙한 곳에서 좁은 길을 발견했다. 반가웠다. 길은 능선 옆 골짜기를 따라 오르내렸고, 간간이 시냇물을 지났다.

시냇물에서 세수하며 땀을 식히다가 장총을 멘 사냥꾼을 만났다. 말을 걸었지만 그는 영어를 하지 못했다. 타갈로그어를 쓰는 것도 아닌 걸 보니 그 지역 원주민 같았다. 그는 내게 총을 보여주며 이 산을 다니려면 총이 있어야 한다고 몸짓으로 말했다. 내가 단도를 꺼내서 보여줘도 그걸로는 어림없다는 표정을 지었다. 도대체 무슨 동물이 있기에 장총을 가지고 다녀야 하는지는 끝내 알 수 없었다. 그래도 일단 조심하기로 했다. 잠시 멈춰서 지팡이 끝에 단도를 묶었다. 손수건으로는 단단하게 고정되지 않아서 등산화 끈을 반으로 잘라서 그것으로 확실하게 묶었다. 그렇게 긴 창을 만들었다. 이제 사냥꾼은 자기 갈 길을 갔고, 나는 산 정상을 향해 발걸음을 재촉했다. 해가 지기 전에 되돌아가려면 좀 서둘러야 할 것 같았다. 그렇게 걷고 있는데 어디선가 물소리가 크게 들렸다. 방향을 잠시 바꿔서 물소리가 들리는 쪽으로 가자 놀라운 광경이 펼쳐졌다. 그곳에는 커다란 폭포가 있었다. 그렇게 높은 폭포는 처음이었다. 50미터는 족히 넘어 보였다. 아무 말도 나오지 않았다. 인적이 없는 산중 폭포는 그 자체만으로도 환상적이었다.

나는 산 정상으로 가는 걸 포기했다. 정상까지 오를 이유가 없었다. 한참 폭포를 바라보았다. 그 폭포가 떨어지며 바위에 부서지는 소리는 나를 심연으로 이끌었다. 한참 보고 한참을 들으며 가만히 서 있었다. 저 폭포가 나를 여기까지 부른 것 아닐까 싶은 생각마저 들었다.

그렇게 폭포에 빠져서 넋을 놓고 바라보는데 갑자기 맑은 하늘에서 굵은 비가 쏟아졌다. 지나가는 비가 아니었다. 순식간에 먹구름이 몰려오는 게 심상치 않았다. 바로 되돌아가려고 발걸음을 재촉했다. 깊은 폭포의 물보라가 가슴에 가득 찬 듯 요동치고 있었다. 비가 더 거세지면서 바람이 불기 시작했다. 일단 비를 피하려고 아까 머물렀던 움막으로 급히 들어갔다. 언제 왔는지 원주민두 명이 비를 피하는 중이었다. 우리는 웃으며 인사를 나누었고, 나는 그곳에서 잠시 쉬다가 움막을 나왔다. 해가 지면 루가 형제와 모세 형제가 걱정할 것이니, 그전에 산을 내려가야 했다. 산에서 거의 다 내려오자 빗줄기가 약해졌다. 결국 숙소에 도착한 건 어둑어둑해질 무렵이었다. 마을 입구에 들어서는데 루가, 모세, 성당 청년 이렇게 세 사람이 내 쪽으로 걸어왔다. 나를 찾아 나선 것이었다. 그들을 다시 보니 너무나 반가웠다. 우리는 반주를 곁들인 저녁 식사를 하고 곧 잠이 들었다.

다음 날 아침, 사람들이 내게 산에서 뭘 보았느냐고 물었다. 이 지역 사람들이 내게 산에 대해 묻다니 이상했다. 사냥꾼을 만난 것과 큰 폭포를 발견한 이야기가 그들에게 흥미로운 모양이었다. 이야기 도중 누군가 내게 물었다. 밀림에 원숭이나 멧돼지를 잡아먹는 큰 뱀이 있다는데 혹시 못 봤냐는 것이었다. 그 말을 듣는 순간 등이 오싹했다. 사냥꾼이 내게 총이 있어야 한다고 한 이유가 바로 뱀 때문이 아니었을까 싶었다. 다행히 무사히 살아서 내려왔지만, 그 이후로 다시는 혼자 밀림에 들어가지 않기로 결심했다. 하지만 그 뒤로도 다른 지역으로 이동하면 나는 어김없이 혼자 밀림을 거닐곤 했다.

* † * † * † *   신비하다 싶을 정도로 아름다운 풍경 앞에서
　　　　　　　　　갑자기 춤을 추고 싶어졌다. 춤을 추면서 그 아름다움의
　　　　　　　　　한 부분이 되었다.

체체와 춤을

전갈에게 엉덩이를 쏘일 뻔한 성당에서 '체체'라는 여대생을 만났다. 당시 대학교 1학년이었다. 필리핀은 중고등학교 합쳐서 4년제여서 한국 나이로는 열여덟 살쯤 되었다. 체체는 구김살 없이 밝은 성격이었다. 세부 바닷가 마을에서 쭉 자랐고 어릴 적부터 성당을 마치 앞마당 놀이터처럼 들락거렸다고 했다. 하지만 대학교에 진학한 이후로는 방학 때만 들른다고 말했다. 늘 마을 친구와 같이 성당에 왔는데 그 학생의 이름은 잘 기억나지 않는다.

체체가 성당에 오면 같이 카드 게임도 하고, 필리핀 요리와 한국 요리도 해 먹었다. 또 그녀가 마을 이곳저곳을 안내해주기도 했다. 같이 있으면 참 즐겁고 유쾌했다.

하루는 성당에서 자선 바자회 댄스파티가 열렸다. 마을 사람이 거의 다 모여서 짝을 지어 춤을 췄다. 낯선 광경이었다. 스페인식민지 시대의 영향 같았다. 필리핀 전통춤이 아니라 스텝이 우아한 정형화된 춤을 추고 있었다. 춤을 배운 적이 없는 나는 가만히 음료수를 마시며 그 분위기를 즐겼다.

한국에서는 춤이라고 하면 '나이트클럽', '사교계' 혹은 '제비' 같은 단어가 연상되었는데, 필리핀에서는 잔치나 파티 때 춤이 자연스럽게 어우러졌다. 참 보기 좋았다. 어설프게 스텝을 따라 해보았지만 생각처럼 잘되지 않았다. 자연히 그냥 리듬에 맞추어 어깨춤을 췄다. 꼬맹이부터 백발노인까지 리듬에 맞춰 춤추는 모습이 행복해 보였다. 우리나라도 예전에는 마을 잔치가 이랬겠지 하는 생각이 들었다. 공개된 장소에서 다 함께 춤추는 필리핀 마을 공동체의 모습이 부러웠다.

밤늦게서야 바자회 댄스파티가 끝났다. 뒷정리를 마치고 나니 자정이 넘은 시간이었다. 시원하게 '말표' 맥주를 한잔 마셨다. 맥주 라벨에 말이 그려져 있고 horse라고 적혀 있어서 그냥 말표 맥주라고 불렀다. 맛은 별로였는데 차갑게 하면 마실 만했다. 그렇게 일을 마치고 쉬는데 체체가 왔다. 그녀가 달 뜬 날 방파제로 가면 아름다운 달빛을 볼 수 있다고 했다. 우리는 마을을 지나 해안

방파제로 산책을 갔다. 방파제 너머로 반달이 걸려 있었다. 달빛을 머금은 은빛 파도가 철썩였다. 전깃불 하나 없이 달빛만 비치는 방파제의 풍경은 마치 우주 같았다. 희미하게 반짝이는 파도는 면사포를 쓴 채 수줍어하는 신부의 눈동자였다. 난생 처음 보는 풍경이었다.

나는 고개를 돌려서 체체에게 춤을 추자고 했다. 체체는 깜짝 놀란 듯 나를 올려다보았다. 하지만 이내 우리는 손을 잡고 은빛 잔물결이 비추는 방파제에서 춤을 추었다. 반짝이는 파도 소리에 리듬을 맡기고, 부서지는 물거품에 호흡을 맞추었다. 춤추는 달그림자는 우리의 발걸음에 맞추느라 허둥지둥 바빴고, 어디서 왔는지 시원한 바람이 귓가를 스쳤다. 하늘 위 장난기 가득한 아기별들이 반달 너머로 우리를 훔쳐봤다. 분명 몸은 춤추는데 마음은 이상할 만큼 고요했다.

우리는 잠시 춤을 멈추고 다시 바다를 바라보았다. 볼수록 매혹적이었다. 석양을 품은 슬픈 바다, 일출을 내뿜는 힘찬 바다 모두 아름답다고 느꼈지만 그렇다고 빠져들 정도는 아니었다. 은은한 달빛을 머금은 바다는 마법처럼 나를 끌어당겼다. 이러다가 바다에 몸을 던질 수도 있겠다는 생각이 스쳤다. 회색빛 단조의 음악이 내면의 문을 개방시키고 자아를 무장해제시키는 것 같았다. 그렇게 기다리고 서서 해 뜨는 것을 볼까 했지만, 생각을 바꾸었다. 그냥 지금 이 순간의 느낌을 간직하기로 했다. 지금 와서 되짚어보면 "해뜨기 전이 가장 어둡다"라는 에밀 시오랑✛의 사유에 하얀 은가루가 뿌려지는 순간이었다.

나는 체체에게 고맙다 말하고, 가볍게 포옹한 뒤에 그녀를 집에 바래다줬다.

성당 내 방으로 돌아와 침대에 누웠는데, 다시 바다로 달려가 그 빛깔에 풍덩 몸을 담그고 싶은 갈망이 일었다. 나는 자리에 앉아서 생각하고 또 생각했다.

'왜? 은회색빛 바다에 몸을 던지고 싶었을까?'

순간 알아차렸다. 이것은 죽음에 대한 비유적 통찰이었는데,

✛ 유쾌한 절망의 대가라고 불리는 허무주의 철학자이자 수필가. 『해뜨기 전이 가장 어둡다』(원서명: 절망의 끝에서)는 그의 첫 작품이다.

이때 떠올린 죽음은 그간 생각해온 모습과는 전혀 달랐다. 죽음에도 커다란 유혹처럼 사람을 끌어당기는 힘이 있었으며, 그 안에 감춰진 지극한 아름다움이 있었다.

그날 나는 죽음의 은회색빛 바다 앞에서 춤을 추었다. 나도 모르는 역동이 죽음 앞에서 나를 춤추게 했다. 지금도 가끔 가양대교를 건너다가 저녁노을을 보면, 달리던 차를 멈추고 춤추고 싶어질 때가 있다.

* † * † * † * 노숙자들에게 밥을 제공하는 공동체에 1년간
머물렀다. 그곳에서 밥을 먹는 사람들에게는
공통점이 있었다. 순식간에 노숙자가 되었다는
것이다. 오랫동안 나쁜 일을 했다거나, 오랜 시간
동안 게을렀기 때문이 아니었다. 사고와 같은
어려움이 닥쳤을 때 단 몇 개월만이라도 혹은
단 몇 주만이라도 버틸 수 있는 최소한의
사회 안전망이 턱없이 부족한 게 큰 원인이었다.

차라리 뒤통수를 치십시오

유기서원기 4년 차쯤이었다. 종신서약을 한 해 앞둔 형제들은 유기서원 교육 공동체[+]에 머물지 않았다. 주변 소임공동체[++]로 보내졌다. 종신서약 전에 선배 형제들이 세상에서 살아가는 모습을 직접 보고 배우라는 뜻이었다. 교육기의 배움과 프란치스칸의 실제 삶은 격차가 크다. 그것을 느끼고 현장에 어떻게 접목할지 고민하는 또 다른 차원의 공부인 셈이다. 자신이 정말 프란치스칸으로 살아갈지 현장에서 겪어보고 판단하라는 의미도 있었다. 누차 말하지만, 한국 작은형제회는 정말로 형제들 교육에 세심한 신경을 쓴다. 칭찬받을 만하고 자랑할 만하다. 프란치스칸은 단순하다고 하지만 젊은 형제들 교육에서만큼은 결코 단순

[+] 유기서약한 형제들이 모여 살며 작은형제로서
　　교육을 받는 교육 공동체
[++] 종신서약한 형제들 서너 명이 작은 공동체를
　　이루고 살면서 맡은 소임을 하는 공동체

하지 않다.

　나는 청량리에 있는 프란치스코의 집으로 가게 되었다. 동기 중에 둘째 언니인 박 루가 형제와 같이 배정받았다. 이곳은 노숙 자에게 식사를 제공하는 공간으로, 우리는 보통 '밥집'이라고 불 렀고 후원을 받아 운영되었다. 일반적으로 후원금을 받지만 쌀이 나 반찬거리를 보내는 사람도 있었다. 그 덕택에 무료에 가까운 가 격으로 식사를 제공했다.

　그렇다고 전혀 돈을 받지 않는 건 아니었다. 지금은 얼마를 받 는지 모르지만, 당시에는 한 끼에 이백 원을 받았다. 거저 얻어먹 지 말고 얼마라도 노동을 해서 식사를 해결하라는 뜻이었다. 빈 병 몇 개를 줍거나 폐지를 줍기만 해도 마련할 수 있는 금액이었 다. 그렇게 이백 원을 냄으로써 식사하는 사람이 공짜로 얻어먹 는 노숙자가 아니라 자기 돈을 내고 먹는 손님이 되었다. 개중에 는 식사비에 보태라며 오백 원이나 천 원을 내고 드시는 분도 있 었다.

　밥집에는 반드시 지켜야 하는 규칙이 있었다. 술 마신 노숙자에게는 어떤 경우에도 식사를 제공하지 않는다는 것이었다. 노숙자들이 알코올 중독으로 심신을 망가뜨리는 경우가 많았기 때문이다. 이 규칙은 술을 마시고 밥집에 와서 행패를 부리는 사람들을 막고, 노숙자들이 술을 덜 마시도록 유도하기 위함이었다.

나와 박 루가 형제는 밥집으로 소임을 갔지만 그렇다고 크게 도움을 주진 못했다. 둘 다 신학교 공부를 하기 위해 낮에 학교를 가야 했기 때문이다. 우리는 토요일 하루만 일을 도왔다. 소임의 목적은 작은 공동체에 머물면서 선배 형제들의 모습을 보고 배우는 것이었다. 그곳에서의 삶은 참 즐거웠다. 선배 형제들이라고 해서 다툼이 없는 것이 아니었다. 그럴 때마다 루가 형제와 내가 중간에서 중재 아닌 중재를 하기도 했다. 마치 한 가정의 부모와 자식 같은 관계였다. 주말이면 같이 근처 식당에 가서 밥도 먹고 술도 마시면서 이런저런 이야기를 나누었다. 이곳은 엄격한 교육 공동체와는 또 다른 맛이 있었다. 당시는 2002년, 월드컵으로 나라가 한창 달아오른 상태라, 우리도 태극기를 두르고 근처 호프집에 가서 목이 터져라 응원을 하기도 했다. 이렇게 1년간의 소임을 마

치고 돌아갈 때가 되자, 함께 있던 고사카 형제님[+]이 우리와 같이
지낸 시간이 무척 행복했다고 말씀하셨다.

어느 토요일, 나는 평소처럼 홀 서빙 준비를 하고 있었다. 보통
밥집 문을 열면 고사카 형제님이 번호표를 나눠주고 이백 원을 직
접 받았다. 하지만 그날은 고사카 형제님이 다른 일로 바빠서 내
가 대신 돈을 받았다. 정신없이 동전을 받고 있는데, 손님 중 한 사
람에게서 술 냄새가 물씬 풍겼다. 아침부터 술을 마신 듯했다. 그
래서 나는 "죄송하지만 식사를 하실 수 없으니 술이 다 깨면 다
른 날 다시 오십시오" 하고 말했다. 하지만 그는 막무가내였다. 아
마 터줏대감인 고사카 형제님이 그 자리에 계셨다면 그냥 돌아갔
을 것이다. 어디서 잘 보지도 못한 풋내기 수사가 서 있으니 얕보
는 것 같았다. 그가 나를 밀치고 들어오기에 바로 앞을 막아섰다.
나보다 덩치는 컸지만 힘이 별로 없었다. 그때 나는 한창 힘이 넘
치는 나이였다.

✛ 일본 작은형제회 소속이었지만, 한국 작은형제회로 소
   속을 옮겨 '프란치스코의 집' 주방을 맡고 계셨다.

내가 밀리지 않자 그는 협박 모드로 들어갔다. 자기가 누군지 아느냐고 물었다. 한때 이 구역은 다 자기가 관리했다고 했다. 왕년에 힘 좀 썼다며 참외 두 덩이만 한 주먹을 흔들어댔다. 너 같은 거는 반주먹 거리도 안 된다며 다짜고짜 욕을 하기 시작했다. 여기서 밀리면 안 된다는 생각이 들었다. 먼저 '선빵'을 날리면 금방 게임이 끝날 것 같았지만 참고 또 참았다. 소임을 하는 프란치스칸의 현실이었다. 선을 베푸는 일이 항상 아름다운 결말을 보장하는 것은 아니었다. 그는 밥을 안 주면 근처 골목을 지날 때 뒤통수 조심해야 할 거라고 겁을 주기 시작했다. 그때 지원기 시절 부원장이던 김 프란치스코 형제님의 말씀이 생각났다. 초창기에 밥집을 운영하며 노숙자들에게 큰 형님 소리를 들은 분이었다. 노숙자들이 협박하면 한번 때려보라고 뒤통수를 드밀었다는 전설이 회자되고 있었다. 그래서 나도 뒤로 돌았다. 손으로 내 뒤통수를 훑으며 차라리 지금 한 대 치고 돌아가시라 했다. 잠시 정적이 흘렀다. 그 큰 주먹으로 뒤통수를 맞으면 꽤 아플 것 같았다. 그렇게 긴장 상태로 대치하는데 잠시 후 '픽!' 하는 소리가 났다. 이상하리만큼 하나도 아프지 않았다. 이상해서 뒤돌아보니 날 협박하던 노숙자가 오히려 뒤통수를 잡고 구부정하게 서 있었다. 줄 서서 기다리던 다른 노숙자들이 그를 욕하며 두들겨 패고 있었다. 노숙자들 사이에도 지켜야 할 도리가 있고 예의가 있는 듯했다. 그만하라며 다른 노숙자들을 말리는 사이 술 취한 노숙자는 도망치듯 자리를 피했다.

그렇게 한 주가 지나고, 다시 토요일이 왔다. 힘 좀 썼다는 그 사람도 다시 밥을 먹으러 왔다. 술은 마시지 않은 상태였다. 반찬을 더 가져다주며 뒤통수 괜찮으시냐고 웃으며 물었다. 그는 내 얼굴을 보더니 기억이 안 난다는 듯 딴청을 피웠다. 멋쩍은지 밥 좀 더 달라고 화제를 바꾸었다. 밥을 한가득 더 퍼주고 그를 멀찍이서 바라보았다. 그렇게 의기양양하던 주먹이 작게만 보였다. 그가 어떤 삶을 살아왔을지 나는 상상도 할 수 없었다. 아마도 견디기 어려운 시간을 보냈을 그의 뒷모습이 스치듯 지나갔다. 그때 잘 참고 '선빵'을 날리지 않은 건 두고두고 잘한 일이었다. 다시 그때로 돌아간다면 뒤통수를 내보일 자신은 없다.

4

성대서약

존재의 시간

＊ † ＊ † ＊ † ＊   '홀로 있음'의 시간을 갖는 것은, 삶에서 가장
소중한 시간을 챙기는 무엇보다 주체적인 행위다.
소크라테스는 젊은이들이 철학에 적극적으로
빠져들 시기에 가사와 돈벌이에 멈추어 있는 상황을
안타깝게 여겼다. 수도원의 좋은 점은, 철학적 사유에
적극적으로 빠져들 시기에 수도원 일조차도 멈추게
하고 혼자 있도록 시공간을 적극 제공해준다는
것이다.

숨 쉬는 것에만 집중하세요

수도원에 들어온 첫해를 지원기라고 한다. 둘째 해는 청원기라고 부르고, 청원기를 마치면 1년간 수련에 들어간다.[†] 수련기가 되면 수도복을 입을 수 있고, 수련기 1년이 지나면 서약을 하는데 1년 단위로 한다. 이 1년 동안 순종, 무소유, 정결을 서약하고 이행한다. 이러한 서약을 네 번 하는데 이 4년의 기간을 유기서약 기간이라 한다. 유기서약 기간을 마치면, 이제 평생 수도자로 살겠다고 약속한다. 이를 종신서약이라 부른다. 작은형제회에서는 이 기간을 '성대서약'이라 칭했다. 평생 수도자로 살겠다는 약속에 신중을 기하기 위해 약 한 달 동안 혼자 피정에 들어간다. 잠시 수도원 공

---

† 내가 입회할 당시에는 지원기 1년, 청원기 1년이었지만, 지금은 지청원기 도합 1년을 보낸다. 단 군대를 다녀오는 형제들은 제대 기간에 맞춰 1년이 조금 넘게 지청원기를 보낸다.

동체를 떠나 홀로 깊은 침묵 속에서 자기를 바라보는 시간이다. 동시에 신을 응시하며 기도에 들어간다. 수도원마다 종신피정 방식이 다르다. 집단 피정 프로그램에 들어가는 경우도 많다. 작은형제회는 전적으로 본인 의사에 맡겼다. 보통 인적 드문 곳을 찾아서 홀로 피정에 임하는데, 나는 산을 선택했다.

선배 형제 소개로 무주 석기봉 능선 아래 있는 허름한 암자에 머물렀다. 바위에 새겨진 삼두마애불상이 있는 골짜기 중턱쯤이다. 삼두마애불상은 독특하게도 부처의 두상 세 개가 3층 석탑처럼 새겨진 바위다. 그래서인지 골짜기 아랫마을(설천면 대불리)에서 깨우친 자가 많이 나온다고 했다. 그 골짜기 아래 숨겨진 작은 암자는 어떤 도 닦는 분이 손수 산 능선 중턱에 지은 흙집이었다.

피정에 들어가기 전 사전답사를 다녀왔다. 약간 가파른 산길을 따라 올라갔다. 소나무 숲을 지나자 흙집이 조용하고도 반듯한 모습을 드러냈다. 보는 순간 마음에 쏙 들었다. 무척 오래 기다린 도반을 만난 느낌이었다. 일반 등산로에서 벗어나 있어 사람을 만날 수 없는 위치에 있었다. 작지만 단아한 느낌의 흙집이었다.

암자 앞에는 널찍한 바위가 있었다. 바위 옆으로 한 그루 나무가 매무새를 갖추고 서 있었다. 그곳에 앉아 골짜기를 마주하면, 마치 커다란 산을 보며 면벽하는 듯한 느낌이 들었다. 시야가 확 트이지 않고 골짜기에 비스듬히 막혀 있어서 내 안에 더 집중할 수 있는 형세였다.

암자는 약 2년 동안 아무도 사용하지 않았다고 했다. 아궁이 불 때는 방 한 칸과 땔나무를 보관하는 창고가 있었다. 매우 단순한 구조였다. 해우소는 자연 친화적인 '푸세식'으로 암자 옆에 있었다. 암자 바로 옆에서는 바위 틈새로 약수가 졸졸 흘렀다. 그 물은 가느다란 호스로 연결되어 드럼통으로 모였다. 식수로 사용하기에 안성맞춤이었다. 전기는 들어오지 않았다. 바람 소리가 흙집 사이를 스치며 나를 엿보고 지나갔다. 완벽했다. 홀로 잠시 세상을 떠나 내면을 바라보는 장소로 최적이었다. 첫눈에 그곳으로 결정하고 답사를 마쳤다. 돌아오면서 암자를 둘러싼 소나무 숲에 손을 흔들었다. 오랜만에 벗이 생길 거라 기대라도 한듯, 그들도 웅웅 하고 바람 소리를 냈다.

수도원으로 돌아와 잠자리에 드는데, 빨리 종신피정에 들어가고 싶은 생각이 간절했다. 혼자 저 공간에 한 달간 머문다는 자체만으로 설레었다. 신학교 학기말 시험 기간이었지만, 시험보다 종신피정 준비에 마음을 모았다. 혼신을 다해 집중할 채비를 해야 했다. 단식할지도 생각했지만 피정이 단식에 집중될 것 같았다. 적당량 소식하면서 내면에 집중하기로 결정했다. 일단 필요한 물품을 가방에 넣었다. 한 달 남짓 혼자 먹고 자야 했기에 많은 것이 필요했다. 단순하게 준비하려 했지만, 준비 목록이 점점 늘었다. 커다란 등산 가방을 채우고도 물건이 남을 정도였다. 순간 혼잣말을 되뇌었다.

"이건 아니다."

가져가려고 적었던 목록을 구겨서 버리고 성당으로 갔다. 잠시 가만히 앉아서 '프란치스코라면 어떻게 준비했을까?' 되물었다. 답은 금방 나왔다. 프란치스코는 보나 마나 대책 없이 아무것도 안 들고 갔을 것이 뻔했다. 방으로 돌아가 일단 가방 속에 쑤셔 넣었던 것들을 몽땅 빼서 침대 위에 펼쳐놓았다. 제일 먼저 책이 눈에 보였다. 한 달 동안 원 없이 읽고자 한 서적들이었다. 모두 책꽂

이로 되돌려놓았다. 딱 한 권만 남겼다. 『성 프란치스코와 성녀 글라라의 글』이었다. 그것도 반 토막 내서 '글라라의 글'은 빼고 '프란치스코의 글'에 해당하는 부분만 발췌해서 가방에 넣었다. 밥은 저녁 한 끼만 먹기로 했다. 쌀, 강된장, 김치만 준비했다. 점심은 배즙 한 봉지와 약간의 미숫가루로 해결하고, 아침은 시원한 약수로 결정했다. 배즙도 정해진 날짜만큼 개수를 한정했다. 속옷과 양말도 갈아입을 것 딱 한 개씩만 여벌로 챙겼다. 가져갈 물품을 단순화하면서 피정에 대한 기대가 서서히 비장함으로 바뀌었다. 곧전투를 치르는 병사처럼 꼭 필요한 것들만 챙기며, 주어진 임무를 완수하고자 하는 정신을 되새겼다. 준비하는 과정에서 숨 쉬는 것조차 절제되는 느낌이었다.

피정 떠나는 날 아침, 배낭 메고 성당에 들어가 잠시 앉았다. 방향감을 상실하지 않고, 처음 준비한 비장함으로 처절히 고독하게 해달라고 기도했다. 일어나서 수도원을 나섰다. 마당 화단에서 심 실베스텔 형제님을 만나서 다녀오겠다고 인사드렸다. 그러자 그가 다가와서 한마디 했다.

"숨 쉬는 것에만 집중하세요."

그저 잘 다녀오라는 평범한 말은 아니었다. 잘 알겠다고 대답하고 그 순간부터 '숨 쉬는 것'에 집중했다. 피정 내내 명상 중에도, 산책 중에도, 잠들기 전에도, 독서 중에도 숨 쉬는 것에 내 온 신경을 집중했다. 종신피정 기간뿐 아니라 지금까지도 그 말은 화두처럼 내가 홀로 침잠할 때 꺼내 쓰는 중요한 무기가 되었다.

버스 타고 무주에 도착했다. 읍내까지는 버스를 갈아타고 갔지만, 대불리 마을 입구까지는 택시를 이용해서 들어갔다. 마을 이름이 마음에 들었다. 큰 부처가 난다는 이곳. 큰 부처까지는 아니어도 작은 진리의 그림자라도 건드릴 수 있다면 좋겠다고 생각했다. 마을 초입에서 차가운 바람을 맞으며 한 걸음 한 걸음 산길로 들어갔다. 약간의 땀방울과 열기가 몸에서 뿜어져 나올 무렵, 잠시 걸음을 멈추고 배낭을 내려놓았다. 뒤를 돌아보니 멀리 마을이 보이고 도로에서 자동차가 드문드문 지나고 있었다. 산 아래를 향해 두 번 큰절했다. 한 달만이라도 온전히 속세를 버린다는 의미였다. 내려놓았던 배낭을 짊어지고 골짜기 숲속 어둠을 향해 힘차게 발걸음을 내디뎠다. 홀로 거룩함의 경계선을 넘는 순간이었다.

암자에 도착해 청소부터 시작했다. 2년 동안 묵은 먼지와 거미줄을 닦아 냈다. 그리 오래 걸리지 않았다. 워낙 작고 단순한 공간이었기에 쓱쓱 닦고 나니 금방이었다. 먼저 이곳에 머물다 간 어느 도반이 남겨 놓은 듯 창고에는 땔나무가 가득했다. 감사의 합장을 하고 몇 개 꺼내 아궁이에 불을 지폈다. 불길은 잘 타올랐으나, 방바닥으로 연기가 많이 올라왔다. 오랜 기간 방치되어 바닥에 금이 간 듯했다. 어느 정도 땔나무가 다 탄 뒤 방에 들어가 좌관한 채 명상에 들어갔다.

암자에서의 첫날 밤은 결코 고요하지 않았다. 산바람이 골짜기 아래부터 나무를 훑고 올라와 능선을 휘감았다. 그 소리는 마치 거대한 파도가 들이닥치는 소리와 흡사했다. 암자는 작은 돛단배처럼 바람결에 사정없이 웅웅 소리를 냈다. 깊은 산속에서 홀로 바람 소리를 들으며 앉아 있으려면 보통 배짱이 필요한 것이 아니었다. 문밖에서 커다란 호랑이가 두 눈을 부릅뜨고 나를 지켜보는 것 같았다. 종신피정 첫날 마주한 것은 인간에게 내재된 본질적 두려움이었다. 의기양양하게 들어온 작은형제는 두려움을 마주한 채 암자에서 호된 신고식을 치르며 밤을 보냈다.

* † * † * † * 고요에 머무는 일은 이름을 붙이는 놀이와
비슷하다. 아이들이 온갖 것들에 자신들이 정한
이름을 붙이듯이, 고요는 나를 가지고 그때그때
이름을 붙인다. 그러면 나는 붙여진 이름에 걸맞게
춤을 추거나 울거나 웃는다. 고요 자체는 극적일
정도로 정지되어 있지만, 이름 붙여진 나는 그 안에서
황홀할 정도로 역동적이다.

찰나의 무게

암자 도착 둘째 날, 새벽에 찬 기운을 맞으며 문을 열고 나왔다. 약수로 세수를 하고 한잔 시원하게 들이켰다. 깊게 심호흡을 하고 산책하며 하루 계획을 세웠다. 혼자 한 달 가까이 피정하는 건 정말 어려운 일이다. 평소 어느 정도 연습이 되어 있어야 가능하다. 일주일만 지나도 금방 나태해지고, 방향감을 상실한 채 빈둥빈둥 하루를 보내기 쉽다. 유기서원 기간(4년) 동안 의무적으로 한 달 한 번은 개인 피정을 해야 했다. 또 본인이 필요하다면 이삼일 정도는 언제든 개인 피정이 허락되었다. 그러한 교육 환경적 배경 덕에 작은형제들은 자연스레 종신피정을 혼자 계획할 수 있을 정도의 내공을 갖출 수 있었다.

새벽에 눈을 뜨면 촛불을 켜고 '성 프란치스코의 글'과 함께 하루를 시작했다. 마치 서당에서 천자문을 읊듯이 소리 내어 읽었다. 일회독 하는 데 그리 오래 걸리지 않았다. 다 읽고 나면 약수를 마시고 간단히 산책했다. 산책 후 오전에는 명상을 했다. 주로 암자에 앉아서 했다. 간혹 암자 앞 바위에 앉아서 할 때도 있었지만, 대체로 방에 들어가 좌관에 임했다. 좌관에 젖어들기에는 작은 방이 더 좋았다. 낮 기도 후 미숫가루를 한 수저 떠서 먹고 배즙을 마셨다. 간단히 식사를 마치고 잠시 산을 걸으며 땔감을 주웠다. 창고에는 이미 땔나무가 충분했지만, 내가 떠난 뒤 기도하러 찾아올 누군가를 위해 땔감을 채워놓기로 했다. 땔감을 줍는 데 에너지를 많이 쏟지는 않았다. 단지 정신 집중을 도와주는 몸 기도 수준으로 했다. 땔감 줍기가 끝나면 다시 저녁 시간까지 앉아서 명상에 임했다. 해가 지면 아궁이에 불을 붙이고, 불을 쬐면서 저녁기도를 했다. 저녁기도 후 강된장을 물에 풀어 쌀을 한 줌 넣고는 끓였다. 밥알이 익으면 김치 몇 조각으로 한 그릇을 비웠다. 참 맛있었다. 스님 발우공양 하듯 한 뚝배기를 싹 비웠다. 그러고는 그 자리에 앉아 아궁이 불이 꺼질 때까지 가만히 바라보았다. 하루 중 가장 따스한 시간이었다. 전등 없이 오직 아궁이 불만 가만히 바라보는 그 자체로 좋았다. 땔나무 숲에서 피어오른 불은 참 아름다웠다. 연기가 어느 정도 사그라지면 방에 들어가 다시 좌관

을 했다. 날이 어두워지면 명상의 몰입도가 높아졌다. 마치 춤의
절정 부분에 이르는 것 같았다. 산등성이를 타고 올라오는 바람이
암자를 건들며 찬 기운을 들여보내면 정신이 더욱 맑아져서 깊은
고요로 들어갔다. 첫날 내게 호된 신고식을 치러준 산바람도 어느
새 친구가 되었다. 이제는 나를 받아준다는 듯 바람이 암자를 품
에 안고 맴돌았다. 톱니바퀴처럼 돌아가는 산바람의 중심에 암자
가 있었고, 나는 그 암자의 중심에 앉아서 명상에 빠져들었다.

하루는 저녁 먹고 방에 들어와 앉아서 평소처럼 좌관에 임했는
데, 이상하게 집중이 잘되지 않았다. 졸음도 쏟아지고, 늘 부는 산
바람이 귀에 거슬렸다. 바람 소리를 덮어버릴 또 다른 소리가 필요
했다. 문득 첫날 청소하면서 발견한 목탁이 떠올랐다. 2년 전 누군
가 놓고 간 목탁이었다. 정좌하고 앉아서 목탁을 두드려보았다. 청
아한 목탁 소리가 산바람을 덮고 골짜기에 울려 퍼졌다가 다시 내
게로 돌아왔다. 온몸에 전율이 흐르며 그 소리에 잠시 머물렀다. 그
래도 명색이 천주교 수도자인지라 나무아미타불⁺ 대신 '나무 예

⁺ 아미타부처님께 귀의한다는 뜻

수'를 읊으며 목탁을 두드렸다. 예수에게 귀의한다는 뜻이었다. 아
마 프란치스코가 당시 목탁을 두드리는 스님을 보았다면 그도 반
드시 나처럼 해보았을 거란 생각이 들었다. 그렇게 밤새 목탁을 두
드리며 나무 예수를 반복하는데 산 전체가 그 소리에 귀를 기울
이는 듯 바람이 멈추었다.

　피정 거의 막바지에 이른 어느 밤이었다. 그날 밤은 어떤 소리
도 들리지 않았다. 눈이 한가득 내린 밤이었다. 골짜기마다 가득
눈이 덮였다. 시냇가 얼음 아래 흘러가는 수줍은 냇물 소리마저
덮어버렸다. 바람 한 점 없었고, 마치 진공상태인 듯 모든 것이 멈
춰 있었다. 좌관하고 앉으니 숨을 내쉬는 소리만 귓가에 맴돌았
다. 그러다가 문득 '딱!' 하는 소리가 정적을 깨웠다. 산짐승이 나
뭇가지를 밟고 가는 소리려니 하고 가만히 앉아 있었다. 또 '딱!'
하는 소리가 들려왔다. 자리에서 일어나서 문밖으로 나왔다. 달빛
에 눈이 은빛을 살랑이며 내려오고 있었다.

　'무슨 소리였을까? 내 가슴을 설레게 파고든 저 소리는…'

잠시 후 '딱!' 하는 소리가 다시금 가슴을 시원스레 어루만졌다. 그 순간 알 수 있었다. 살포시 내린 눈의 무게를 견디지 못해 부러진 소나무 가지의 소리였다. 부러진 가지 옆으로 흔들거리며 눈을 털어내는 소나무가 보였다. 살포시 내리는 눈이지만 그 힘이 소나무 가지를 부러뜨리고 있었다. 수도자의 기도는 그런 눈송이 같아야 했다. 세상에 미치는 힘이 미약한 듯 보여도, 어느새 '딱!' 하는 소리를 내며 세상을 흔들어야 했다.

다시금 방으로 돌아와 자리에 앉았다. 가만히 침잠하며 들숨, 날숨에 집중했다. 한 번의 숨소리에 차곡차곡 쌓이는 눈송이처럼 '딱!' 하고 내리칠 무게를 만드는 데 집중했다. 그 무게의 차이는 크고 무겁고 웅대한 것이 아니었다. 눈 한 송이 차이였다. 아마도 '찰나'라는 시간의 무게를 잴 수 있다면 그와 비슷하지 않을까 싶었다.

깊은 산중이라 해도 한 달 내 지극히 고요한 순간은 그리 많지 않았다. 바람 소리며, 시냇물 소리며, 나뭇가지 부딪히는 소리가 밤사이 이어졌다. 바람 없이 눈으로 가득 덮였던 그 밤, 모든 것이 눈 속에서 숨죽인 절대 고요를 잊을 수 없다. 고요는 생각보다 무거웠으며, 진중했고 뭔가로 가득 차 있었다.

다음 날 아침, 나는 암자의 문을 열고 나왔다. 지난밤의 지극한 고요를 다시는 맛보지 못할 수도 있음을 직감했다. 지극한 고요 속에서 존재에 머무는 것은 그것을 의식한 순간 사라진다. 그러나 그 머무름의 기억은 매우 강렬해서, 지난 기억의 잔상에 자꾸 머물게 하는 힘이 있다. 그 잔상을 뒤로 한 채 다시금 이 자리에 처음 앉은 듯 숨을 쉬고 몰두해야 한다. 우리는 숨 쉬는 것을 의식하지 않지만, 사실 단 한 번도 똑같은 방식으로 숨 쉬지 않는다. 매번 새롭게 쉬는 숨이 우리를 살아 있게 한다. 존재를 바라보는 일은 그렇게 늘 처음 맞이하는 경험과 같아야 가능하다.

* † * † * † * 종신피정 중에 철사에 묶인 소나무를 보았다.
또 드럼통에 갇혀 지내는 가재를 만났다. 그 둘을
보면서 연민을 느꼈지만 내 무의식이 발동한 진짜
이유는 공포 때문이었다. 가장 두려운 것은 내가
묶여 있는지도 모른 채 살아가고 있을지 모른다는
인식이었다.

모두 제자리

종신피정 중에는 사람을 만날 일이 없었다. 소나무에게 말을 걸거나 지나가는 새를 보며 몇 마디 하는 수준이었다. 평소처럼 약간의 미숫가루와 배즙으로 간단히 점심 식사를 하고, 산책 겸, 땔나무도 주울 겸 소나무 숲 사이를 거닐었다. 모든 것이 평화로웠다. 간밤에 토끼가 놀다 갔는지 눈 위에 발자국이 어지럽게 흩어져 있었다. 차가운 눈구덩이에서 배고픈 꿩 한 마리가 푸드득 뺑소니치듯 하늘로 솟구쳐 올랐다. 순간 깜짝 놀랐지만 이내 잔잔한 바람 소리만 맴돌았다. 근 보름 동안, 딱 한 번 저만치 등산로를 벗어난 사람의 발소리를 들은 것 빼고는 외부와 접촉할 일이 없었다. 홀로 거니는 시간만으로도 이상하리만큼 내 안에 에너지가 가득 채워지는 느낌이었다. 그러자 자연과 자연스레 교감이 이루어졌다.

그날도 평소처럼 오후에 숲을 거니는데, 문득 소나무 하나가 눈에 들어왔다. 마치 내게 뭔가 말하려는 듯해 자꾸 눈길이 갔다. 이상한 마음에 다가가서 소나무 줄기를 만졌는데 줄기 상단에 뭔가가 보였다. 줄기가 혁대를 두른 듯 볼록 튀어나와 있었다. 자세히 살펴보니 소나무 줄기에 녹슨 굵은 철사가 묶여 있었다. 누군가 야영하면서 묶어놓은 것 같았다. 철사를 단단히 조여놓고 그냥 자리를 떠난 모양이었다. 얼마나 시간이 지났는지 소나무가 자라면서 굵은 철사가 줄기 둘레를 1센티미터 정도 파고든 상태였다. 소나무는 몸뚱이를 파고든 철사에 몸살을 앓고 있었다. 철사를 반드시 끊어야 했다. 철사로 인한 상처를 메우느라 송진을 내뿜은 흔적이 줄기에 가득했다. 소나무를 한 번 더 애틋이 쓰다듬고는 철사를 끊어주리라 약속했다.

암자로 돌아가 연장을 찾아보았다. 철사를 자를 만한 연장은 없었다. 녹슨 낫이 하나 있었다. 일단 그걸 들고 다시 소나무 숲으로 올라갔다. 철사는 제법 높은 곳에 묶여 있었다. 나무를 타고 올라가다 미끄러지기를 반복했다. 몇 번 시도한 후에 간신히 나무에 올랐다. 한 손으로 나뭇가지를 잡고, 다른 한 손에 든 낫으로 철사를 끊으려 시도했다. 펜치가 있었다면 금방 끝났겠지만 녹슨 낫으로 굵은 철사를 끊어내기란 여간 어려운 일이 아니었다. 팔의 기운이 떨어지면 잠시 내려갔다가 다시 올라갔다. 몇 번 나무를 오르내린 끝에 '툭' 하는 소리와 함께 간신히 철사가 끊겼다. 그 소리가 얼마나 반갑게 들리던지 나도 모르게 환성을 질렀다. 소나무 몸통을 파고든 철사를 흔들어서 뽑아냈다. 속이 시원했다. 소나무 가지 사이로 햇살이 비쳤고 눈가루가 흩날려 떨어졌다. 소나무가 고맙다고 눈물을 떨구는 것 같았다. 말 못하는 식물이지만 그 순간을 기다렸으리라는 생각이 들었다. 소나무가 스스로의 힘으로 철사를 끊어낼 순 없었을 것이다. 그가 할 수 있는 일이라고는 생채기를 끌어안고 아픔을 견디며 송진을 내뿜는 일뿐이었다. 인간도 그런 존재 같았다. 스스로 상처를 끌어안고 버티는 것이 우리의 한계인 듯싶었다. 그 한계를 넘어 자신을 치료하고 또 성장하기 위해서는 반드시 타인의 도움이 필요하다. 누군가에게 도움을 주는 삶이란 인간의 한계를 극복하는 가장 소박하면서도 효과적인 첫발걸음임을 깨달았다.

손에 쥔 철사 조각을 보며 나를 되돌아보았다.

'내 스스로 떨치기 어려운, 나를 속박하는 녹슨 철사는 무엇일
까?'

내 안의 녹슨 철사가 나를 옥죄는지도 모른 채 살아가는 것 아
닐까 하는 두려움이 일었다. 자신을 바라볼 때는 내 안의 상처를
인지하는 것부터 시작해야 한다는 데 생각이 미쳤다. 소나무의 녹
슨 철사는 내게 또 하나의 화두를 던졌다.

종신피정을 위해 무주 골짜기 암자에 들어온 지 일주일쯤 지
난 때였다. 새벽에 약수를 한 사발 마시는데, 물을 받아놓은 드럼
통 바닥에서 움직이는 것이 보였다. 작은 나뭇잎이 들어간 줄 알
았다. 자세히 보니 뒷걸음하는 가재 한 마리였다. 엄동설한에 드럼
통 바닥에 사는 가재를 보자 무척 반가웠다. 일주일이나 아무도
만나지 않고 산속에 있다 보니 가재 한 마리도 정든 친구처럼 느
껴졌다. 시냇가로 들고 내려가 풀어줄까도 생각했지만, 머무는 동
안 벗으로 삼을 겸해서 놔두기로 했다. 몇 마디 이야기를 주고받
다가 문득 이상한 생각이 들었다.

'어떻게 가재가 저 통 안으로 들어갈 수 있었을까?'

약수터에서 흐르는 물은 아주 가느다란 호스를 통해 드럼통과 연결되었다. 드럼통은 뚜껑이 견고하게 닫혀 있었다. 누군가 일부러 잡아서 넣지 않는 이상, 가재는 가느다란 호스를 따라 들어갔어야 했다. 하지만 저 정도 크기의 가재가 좁은 호스를 타고 들어가는 건 불가능해 보였다. 심지어 이 암자에는 최근 2년 동안 아무도 살지 않았다.

그런 생각에 머물러 있을 때, 문득 어릴 적 뒷산 냇가에서 가재 잡던 생각이 났다. 다 자란 가재는 길이가 10센티미터쯤 되고 크기가 제법 컸다. 반면 다 자라지 않은 새끼는 어린아이 새끼손가락보다 작았다. 결국 암자의 가재는 아주 작을 때 호스를 타고 드럼통으로 들어갔을 가능성이 높았다. 그 통 속에서 성체가 될 때까지 나가지 못하고 있었던 것이다. 정말로 그렇다면 생의 거의 모든 날을 드럼통 속에서 살아온 것이었다. 가재는 그 드럼통 속에서 오랜 기간 머물며 어떠했을지 궁금했다. 드럼통은 안전했다. 천적에게서 무사히 보호되는 공간이었다. 가재는 그런 삶에 만족하고 있을지도 몰랐다. 혹은 드럼통 속에서 나갈 방법을 모른 채 갑갑하게 살았을지도 모른다.

　가재에게서 또 다른 나를 보았다. 다른 학생들처럼 입시의 무게감을 견디며 중고등학교를 다녔고, 고등학교를 마치고 수도원에 들어갔다. 수도원에서 많은 것을 배우고 익혔지만, 수도원은 세상에서 보호된 좋은 공간이었다. 가재와 내가 다른 점은 가재에게는 선택권이 없었고, 나는 자유의지로 선택할 수 있다는 것이었다. 가재가 드럼통 속에서 안전하게 머무르기를 원할지라도 나는 그에게 진짜 골짜기의 모습을 보여줘야 한다고 생각했다. 피정을 마치고 하산하는 날 너를 데리고 내려가 골짜기 시냇가에 풀어주겠다고 말을 건넸다. 마음 준비를 단단히 하라고, 골짜기의 시냇가는 지금껏 네가 머문 드럼통 속 세계와는 천지 차이라고 일러줬다. 내 말을 들은 가재는 두려운 듯 더 웅크린 채 드럼통 구석으로 몸을 숨겼다.

　한 달 남짓한 피정을 마치던 날, 짐을 꾸린 뒤 암자의 문고리를 잠갔다. 나 다음으로 이곳을 찾을 누군가도 혼신을 다해 정진하기를 바라며 십자성호[✛]를 그었다. 약수터에서 물을 한 사발 들이키고 가재를 꺼냈다. 가재는 이미 마음의 준비를 했는지 손바닥을 몇 번 건드리더니 바로 올라탔다. 산을 30분쯤 내려와서 맨 처음 마주한 골짜기 시냇가에서 멈췄다. 눈과 얼음으로 뒤덮인 시내를 돌로 내리쳐서 구멍을 냈다. '펑!' 하는 소리가 새로운 세계로 들어가는 문의 함성 같았다. 그곳으로 가재를 보내줬다. 막상 얼음장 같은 냇물에 몸을 담그자 가재는 잠시 주춤했다. 이내 내게 눈길도 주지 않은 채 가까운 바위 아래로 숨어들었다. 그는 그가 있어야 할 곳으로 첫발을 내디뎠다. 나도 시내로 뛰어든 가재마냥 발걸음을 재촉하며 세상으로 내려갔다. 두려웠지만 내가 있어야 할 곳은 세상 한가운데임을 잊지 않았다.

✛ 가톨릭에서 기도를 시작하거나 마칠 때 손으로 십자
  가 모양을 긋는 행위

＊ † ＊ † ＊ † ＊　티베트는 내게 무미건조함 속 고독의 지극한
아름다움을 보여줬다. 고독은 무미건조한 황무지에서
야생마처럼 달리며 흙먼지를 일으켰다.

순례를 떠나다

성대서약 후 2년쯤 지났을 때였다. 부제 서품을 1년 미뤘다. 확신이 없었다. 프란치스칸으로 사는 것이 참 좋았다. 하지만 형제들과 같이 있는 것이 좋다고 꼭 성직자가 될 필요는 없었다. 부제, 사제가 된다는 것은 또 다른 의미였다. 당시 관구 봉사자[†]였던 오 바오로 형제님과 면담을 했다. 잠시 하던 걸 멈추고 티베트에 다녀오는 것이 어떠냐고 하셨다. 전혀 생각하지 못한 대답이었다. 감사했다. 조용한 순례자가 되어 나를 바라보기에 최적의 장소였다. '황무지'가 잘 어울리는 그곳에서 나를 부르는 소리가 들리는 듯했다. 결과적으로 나는 약 반년 정도 티베트에 머물렀다.

오 바오로 형제님과의 면담을 끝내고 성북동 수도원으로 돌아

✚ 작은형제회에서는 수도원 총원장 형제를 '관구 봉사
   자'라고 칭한다.

와 티베트에 대한 정보를 찾아봤다. 당시 한국에서 티베트로 순례 가는 사람은 드물었고, 정보도 별로 없었다. 중국을 통해 육지로 들어가는 방법과 비행기를 타고 중국 청두를 거쳐서 티베트로 들어가는 방법이 있었다. 나는 배를 타고 중국 텐진항에 내린 뒤, 기차와 버스를 갈아타고 티베트로 들어가는 경로를 선택했다. 그것이 순례자의 길에 어울린다고 생각했다. 티베트에서 머물 절을 물색해봤지만 인터넷에는 정보가 부족했다. 주로 게스트하우스에 대한 정보가 있을 뿐이었다. 티베트 관련 자료를 찾다가 문득 이런 생각이 들었다. '프란치스코라면 티베트에 가기 위해 어떤 정보를 찾고, 무엇을 준비했을까?' 이 생각이 들자 마음이 가벼워졌다. 프란치스코는 많은 정보를 찾지 않았을 것이고, 많은 것을 준비하느라 애쓸 사람이 아니었다. 일단 바람처럼 떠나기로 했다. 중국 텐진항까지 가는 배표만 예매했다. 가방에는 여벌 옷 몇 벌과 아플 때를 대비해 약간의 상비약과 수지침을 넣었다.

인천항에서 중국 텐진항으로 가는 배에 올라탔다. 웅장한 배 위로 발을 디뎌 층계를 올랐다. 아파트 3층 높이는 족히 될 것 같았다. 큰 방에 2층 침대가 가득했다. '웅' 하는 진동 소리가 들렸고, 약간의 기름 냄새가 났다. 중국을 오가며 장사하는 봇짐장수 아주머니들은 어느새 방 한쪽에 자리 잡고 앉아서 와자지껄하게 화투판을 벌였다. 뱃고동 소리가 묵직하게 울리자 배가 서서히 항구를 떠났다. 두려우면서도 왠지 모를 서글픔이 밀려왔다. 멀어져 가는 항구를 바라보며 합장하듯 손을 모아서 이마에 올렸다. 혼자 가는 이 길이 자꾸 내게 슬픈 노래를 불러주는 것 같았다. 귓가에 스치는 바람만이 장난스레 나를 위로했다.

다음 날 점심 무렵 중국 텐진항에 도착했다. 수속이 길어, 중국 땅을 밟기까지 몇 시간을 배에서 기다렸다. 늦은 오후가 되어야 내릴 수 있었다. 항구를 벗어나자 호객꾼들이 '베이징! 베이징!' 하며 나를 잡아끌었다. 버스가 있었고, 북경北京이라고 적힌 한자가 눈에 들어왔다. 두 시간쯤 걸려 베이징에 도착해서는 바로 역으로 갔다. '거얼무格尔木'라는 곳으로 가야 했지만 기차표가 없었다. 일단 거얼무역 방향 중간기점으로 가는 기차표를 구했다. 나무 의자로 된 기차였다. 이틀 밤을 달렸다. 1970년대 영화 속 기차를 타고 달리는 기분이었다. 남자들은 연신 담배를 피웠고, 여자들은 해바라기 씨를 까먹으며 수다를 떨었다. 바닥은 금방 쓰레기로 가득해졌다. 가끔 청소하는 사람이 비질을 했다. 마주 앉은 남자가 담배를 물고 내게도 권했다. 처음에는 주는 대로 받아서 같이 피웠다. 나중에 보니 다른 사람들도 담배를 피울 때마다 자기 담배를 상대에게 권했다. 일종의 에티켓인 모양이었다. 그렇게 삼일을 달린 끝에 기차에서 내렸다. 몸살 기운이 몰려왔다. 목도 많이 아팠다. 거얼무까지는 아직 남았지만, 하루 쉬기로 했다. 역 근처 여관에 짐을 풀었다. 주인장은 친절했다. 뜨거운 녹차를 한잔 얻어 마시고는 죽은 사람처럼 잠을 잤다. 다음 날 기차 시간에 맞춰 역으로 갔다. 이번에 탄 기차는 침대가 있었다.

거얼무에 도착해서 티베트로 들어가는 버스를 탔다. 요즘은 베이징에서 티베트 라싸까지 한 번에 가는 기차가 있지만, 당시에는 없었다. 버스는 처음 보는 침대 버스였다. 다리를 펴기에는 비좁았지만 제법 괜찮았다. 거얼무에서 하루 하고도 반나절을 꼬박 달려야 티베트에 도착할 수 있었다. 그 하루가 인상적이었다. 황량한 산과 황무지 일색의 풍경에는 건조한 매력이 있었다. 황토색 벌거벗은 산등성이로 넘어가는 저녁노을에 온 산이 불타는 듯했다. 자잘한 상념들이 그 불에 저절로 타버렸다. 티베트로 들어가는 여정 자체에 정화하는 힘이 있었다.

한밤중 황무지 한가운데서 버스가 멈춰 섰다. 버스 기사는 잠시 누워서 잠을 잤다. 모두 잠이 들었다. 코 고는 소리만 버스에 가득했다. 창밖을 보니 칠흑 같은 어둠 속에서 마치 터질 듯 부푼 별들이 눈을 부릅뜨고 땅을 내려다보았다. 마치 사막을 짓누르는 듯, 우주의 중압감이 차를 눌렀다. 순간 두려움이 몰려왔다. 버스에 누운 내 존재가 거룩한 웅장함의 끝자락을 몰래 훔쳐보는 바퀴벌레 같았다.

새벽에 눈이 떠졌다. 한기가 느껴졌다. 고산병 증세가 와서 머리가 묵직했다. 이어서 두통이 시작되었다. 미리 준비한 스프레이 산소통에서 약간의 산소를 들이마셨다. 산소통에 의존하면 고산 증세에 적응할 수 없다고 들었기에 최소량만 사용했다. 티베트에서 겪을 혹독한 신고식의 전초전이었다. 티베트에 도착한 후 삼일간 고산병에 시달려 누워서 지냈다. 격한 두통과 설사가 찾아왔다. 견디는 것 말고는 할 수 있는 게 없었다. '홍경천'이라는 약초를 차처럼 우려먹으면 좋다고 해서 마셔보았지만 효과는 없었다. 삼일 후 서서히 기운이 돌아왔는데, 여전히 몸이 묵직하고 발걸음이 무거웠다. 그래도 티베트에서의 신고식을 잘 견뎠다는 생각이 들었다. 훈련병 시절 혹독한 훈련을 마치고 이등병 계급장을 받은 기분이었다.

티베트 수도 라싸에는 이미 자본의 물결이 넘쳤다. 백화점이 있었고, 티베트의 오래된 절 마을은 거의 반 토막이 나 있었다. 예전에는 마을이 통째로 절이었고 승려들이 가득했다고 들었다. 기도하면서 머물 수 있는 절을 알아봐야 했다. 하지만 라싸에서는 그러고 싶은 생각이 들지 않았다. 순례자와 수많은 관광객이 라싸에 모여들었다. 내가 본 라싸는 기도하며 정진하기에 그리 좋은 환경이 아니었다. 중국식 도시화가 어느 정도 진행된 상태였다. 숙소에 머물면서 티베트 지도를 펼쳤다. 가지고 온 관련 여행 서적을 뒤적였다. 라싸에서 몇 시간 거리에 있는 남쵸 호수에 있는 절에 여행자들이 묵는다는 정보를 보고, 바로 이곳이라는 생각이 들었다. 바로 짐을 챙겨서 버스를 갈아탄 끝에 남쵸 호수에 도착했다. 호수라기보다 거의 바다였다. 호수의 넓이가 서울 넓이와 비슷했다. 그곳에서 한 스님을 만났다.

* † * † * † * 　적막한 마을에서 문을 두드릴 때, 내가 이방인임을
직감하게 된다. 나를 맞아줄 이가 있을지 없을지는
내 예상 밖이었다. 난 단지 계속 떠돌면서 문을
두드릴 뿐이었다. 내게는 어떤 결정권도 없었다.
적어도 진리에 대해서만큼은 항상 그랬다.

동굴에서 기도하기

해발 5000미터가 넘는 고개를 넘어서 남쵸 호수에 도착했다. 6000~7000미터가 넘는 봉우리들이 끝없이 이어지는데, 호수 끝이 보이지 않았다. 저절로 합장하듯 손이 모아졌다. 이곳 어딘가에 정진하며 머물 만한 곳이 있을 것 같았다. 마음에 들었다. 웅장한 산 기운이 호숫가에 누워 평안한 자세를 취하고 있었다. 여행 서적에 나온 절에 대해 물었지만 아무도 아는 사람이 없었다. 배도 고프고, 해도 저물고 있었다. 일단 남쵸 호수에 있는 여행자 숙소에서 하루 묵었다. 그곳 주인장에게 절에 대해 물어보니 이미 몇 년 전에 없어졌다고 했다. 빈터만 남았다는 것이다. 마음에 딱 드는 장소를 찾았는데 허망했다. 그렇다고 계속 여행자 숙소에서 머물고 싶지는 않았다. 일단 잠을 자고 새벽녘 일찍 호수를 거닐었다. 새벽은 생각했던 것보다 추웠다. 바람이 없어서 호수에 물결도 일지 않았다. 그렇게 고요를 느끼며 호숫길을 걸었다. 그때 호수한 켠 바위 사이로 한 티베트 스님이 뭔가를 손에 든 채 이동했다. 무작정 그를 따라갔다. 그는 졸졸 따라오는 나를 보더니 미소를 지으며 내게 손짓했다. 그러고는 근처 동굴로 나를 데리고 갔다. 동굴 안에는 불상이 있었고, 초가 많았다. 스님은 내게 앉으라고 하고는 방금 들고 온 흙더미를 난로 안에 넣었다. 불길이 금방 솟아올랐다. 그건 흙더미가 아니라 쇠똥 말린 것이었다. 난로 위에서 주전자가 뜨겁게 끓었고, 스님은 내게 따뜻한 수유차를 한잔 주셨다. 배가 든든해지고 뜨거워지며 한결 마음이 편안해졌다.

스님의 자글자글한 주름 사이로 장난기 가득한 미소가 퍼졌다. 그는 중국어를 거의 못 했고, 영어는 더더욱 못 알아들었다. 나는 동굴 바닥에 나뭇가지로 그림을 그려가며 대화를 시도했다. 해와 달을 그렸다. 손짓으로 잠자는 시늉을 하고 손을 합장하고 기도하는 모습을 보여줬다. 바를 정正자 모양을 두어 개 바닥에 적었다. 해와 달이 몇십 번 바뀌는 동안 머물면서 기도할 곳을 찾는다는 뜻이었다. 스님은 알아차렸다는 듯 내 손을 잡고 이끌었다. 한 5분 걸으니 절벽 아래 동굴이 나왔다. 동굴 입구 문은 큰 자물쇠로 잠겨 있었다. 스님은 자물쇠를 열고 동굴 안으로 나를 들였다.

스님이 머물던 곳보다 훨씬 작은 공간이었다. 동굴 입구부터 두 갈래로 공간이 나뉘어 있었다. 한쪽은 창고로 쓰면 딱 좋을 크기였다. 다른 쪽에는 한 사람이 누울 만한 공간이 있었다. 동굴 구석에 누군가 가부좌를 틀고 앉아서 기도한 흔적이 있었다. 그곳은 바닥에서 살짝 높은 곳에 있는 사각 모양의 평평한 공간으로, 이 공간을 본 순간 가슴이 벅차올랐다. 족히 수백 년 혹은 수천 년 이어온 기도의 공간에 들어온 것 같았다. 스님이 반복적으로 내게 뭔가를 말했다. 그 동굴에서 수행한 옛 스님의 이름을 말해주는 것 같았다. 감사했다.

그 수행 동굴은 여행자 숙소와 거리가 있어서 조용했다. 동굴 문을 열면 드넓은 남쵸 호수가 웅장한 산과 어울려 잠을 자고 있었다. 스님께 감사의 합장을 했다. 스님은 자신의 동굴로 돌아갔고 나는 이 동굴을 청소했다. 처음에는 몰랐는데 조그만 아궁이도 있었다. 연기가 동굴 천장을 타고 밖으로 빠져나가는 구조였다. 오전에는 이곳에 앉아서 명상을 하고, 오후에는 호숫가를 천천히 걸으면서 명상을 했다. 저녁 즈음에 호수로 떠밀려온 작은 나무 조각들을 주웠다. 밤사이 땔감으로 쓰기 위한 것이었다.

식사는 준비해온 '짬바'로 해결했다. 짬바란 티베트 사람들이 수유차에 섞어 먹는 보릿가루로, 우리로 치면 미숫가루 같은 것이다. 하루 종일 명상과 산책을 반복하니 행복했다. 낮 동안 강렬한 햇볕에 볼이 까맣게 타버렸는데도 잘 몰랐다. 거울을 볼 일이 없었기 때문이었다. 나중에 남쵸 호수에서 내려오고서야 알았다.

남쵸 호수에 머무는 동안 호숫가에 드리운 쌍무지개를 보았다. 무지개 한쪽은 호수에 걸쳐 있었고 다른 한쪽은 산봉우리 저편으로 넘어가 있었다. 이보다 더 아름다운 순간이 있을까 싶은 광경이었다. 무지개가 지나자 저녁노을이 따라왔다. 이어서 부슬비가 내렸다. 떨어지는 부슬비에 저녁노을이 비추어 하늘에서 반짝이는 금비가 내렸다. 부스스 떨구는 금빛 부슬비를 하염없이 바라보는데 갑자기 빗줄기 노을 너머 어떤 존재가 그리워졌다. 달빛에 우는 승냥이마냥 '꺽꺽' 하고 울었다. 지독한 고독은 고요하지 않았다. 우주의 미아가 된 듯 그리움에 미쳐가는 것이라는 것을 그때 알았다.

한 달 정도 그곳에 머물 계획이었지만, 보름을 채우지 못했다. 일주일쯤 지나자 몸이 붓기 시작했다. 처음에는 고산증세니까 이러다 말겠지 했지만 더 심해졌다. 어느 날 자다가 문득 깼는데 붓기의 원인이 찬 동굴 바닥에서 올라오는 냉기 때문이라는 걸 알았다. 땔감이 넉넉지 않아 잠들기 전 잠시만 불을 지핀 게 실수였다. 새벽까지 온기가 유지되지 못했다. 짐을 줄이려고 침낭을 가져가지 않아서 겨울 점퍼와 방수포만 덮고 잔 것도 문제였다. 일주일쯤 지나자 몸에서 풍기가 느껴졌다. 아쉬웠다. 이렇게 귀한 장소를 두고 하산하고 싶지 않았지만, 결국 열흘하고 이삼일이 지난 어느 날 스님을 찾아가 인사드렸다. 감사의 표시로 소액이라도 드리려 했지만 손사래를 치셨다. 결국 내가 차고 있던 전자시계를 풀어서 드렸다. 시계가 필요했는지 그것은 기쁘게 받으셨다.

스님은 첫날처럼 나를 앉히고는 따뜻한 수유차를 가져다줬다. 뱃속이 다시 따뜻해졌다. 그때 누군가 들어왔다. 한 사람은 비구니였고 다른 한 사람은 스님 일을 거드는 사람 같았다. 이 셋이 둘러앉은 자리에서는 유쾌한 웃음이 넘쳤다. 내게 기도처를 제공해준 스님은 꽤 유머가 많았다. 그가 몇 마디를 하면 어김없이 웃음이 터졌다. 기도하는 공동체의 이상적인 모습이라고 생각했다. 각자의 자리에서 정진하면서 서로를 돌보며 오손도손 웃고 지내는 모습이 초기 프란치스칸의 삶과 매우 닮아 보였다.

　그 웃음을 뒤로 나는 고개 숙여 인사하고 그곳을 떠났다. 다시 여행자 숙소로 가서, 관광 온 중국인 여행자의 차를 얻어 타고 라싸로 돌아갔다. 값싼 게스트하우스에서 짐을 풀고 샤워하는데 깜짝 놀랐다. 볼살이 검게 타서 딱지가 앉아 있었다. 뜨거운 물에 온몸을 녹이며 하루빨리 기운을 차리고 싶었다. 다시 라싸를 떠나서 티베트 어딘가 숨어 있을 작은 기도처를 찾고 싶었다. 지난 보름간 거칠게 다룬 몸뚱이를 위로하듯 싱싱한 과일도 먹고, 고기국수도 먹었다. 미지근한 맥주도 마셨다. 일반 여행자들처럼 라싸의 관광지를 둘러보며 며칠을 보냈다. 점차 몸이 회복되자 마음은 이미 다시 떠날 생각에 들뜨기 시작했다.

* † * † * † * 이대로 죽을지도 모를 상황에 직면했을 때, 의외로
단순해지는 나를 보았다. 두려움은 두려움대로
따로 놀고 있었고, 육체적 고통은 온몸을 빨래 짜듯
쥐어짜고 있는데, 모든 것들이 단순하게 내 눈앞에
놓였다. 그 세상에는 딱 두 부류의 사람만이 존재했다.
깨닫고 죽은 사람과 깨닫지 못하고 죽은 사람이었다.
그 이외에는 아무것도 없었다.

죽음과의 키스

티베트 라싸의 모든 게스트하우스 입구 옆에는 게시판이 있었다. 게시판은 여행자들이 물건을 사고파는 용도로 쓰였다. 함께 차를 빌려서 이동하자는 내용도 보였다. 게시판을 찬찬히 읽다가 '카일라스'로 가는 배낭여행자를 모집하는 공고를 보았다.

'카일라스라…'

티베트 여행 정보를 찾다가 들어본 이름이었다. 가이드북을 펴서 확인하니, 카일라스는 티베트 서쪽 끝 국경 지역 근처에 있는 해발 6200미터 정도 되는 산이었다. 사진으로 봐도 우뚝 솟은 봉우리가 범상치 않아 보였다. 그 산을 찾는 많은 순례자들이 기도하는 마음으로 산을 한 바퀴 돈다고 했다. 그렇게 하면 그동안의 업보를 다 용서받는다는 것이었다. 그곳은 이른바 신산神山이라고 불리는 곳이었다. 과거에 이곳 사람들은 이 산을 세상에서 가장 높은 산으로 여겼으며, 그 꼭대기는 거룩한 곳이라서 지금도 아무도 오르지 못하게 한다고 했다.

여행 정보를 보면서 카일라스에 가기로 결정했다. 게스트하우스 게시판에 내 이름과 숙소명을 적고 카일라스로 가는 여정에 동참하고 싶다는 의사를 밝혔다. 다음 날 젊은 미국인이 내 숙소로 찾아왔다. 그는 동행할 사람이 열 명 정도 모였으며, 저녁 5시경 근처 식당에서 미팅이 있다고 알려줬다. 알려줘서 고맙다고 인사하고 5시에 식당으로 갔다. 열 명이 넘는 사람들이 모여 있었다. 국적도 다양했다. 카메라 감독이라는 중국인 남성과 그의 러시아인 애인, 프랑스인 청년 두 명, 중국계 미국인 남성, 캐나다인 여성 등이었다. 우리는 가볍게 차를 마시며 여행 일정 및 이동 수단에 대해 논의했다. 논의 결과 그룹이 둘로 나뉘었다. 에베레스트 베이스 캠프를 거쳐서 네팔로 넘어가려는 그룹과 원래대로 카일라스에 가서 트래킹하고 다시 라싸로 돌아오는 그룹이었다. 나는 카일라스 팀에 합류했다. 우리 팀은 여행사를 통해 자동차와 운전기사, 가이드를 구했다. 처음 게시판으로 구인을 한 미국인 친구는 협상

수완이 좋았다. 몇 개 여행사를 같이 돌며 가격을 흥정한 끝에 가
장 좋은 가격을 제안하는 여행사와 계약할 수 있었다. 처음 만난
각국 젊은이들이 하나의 목표를 가지고 어떤 일을 추진하는 과정
은 참 역동적이었다. 사람을 열정적으로 만들었다. 곧 출발 날짜가
정해졌고, 나는 몇 가지 물품을 준비했다. 5000미터가 넘는 고산
을 몇 번 거쳐야 했기에 조그만 산소통을 두어 개 챙겼다.

　　출발 당일 배낭을 짊어지고 약속 장소에서 모였다. 금세 친해
진 우리 일행은 인사를 나누고 두 대의 차량에 나눠 탔다. 라싸에
서 카일라스까지 최소 7일을 달리는 여정이었다. 사흘쯤 지났을
무렵, 갑자기 온몸이 쑤시고 아프기 시작했다. 한 시간 전까지 멀
쩡했는데 갑자기 몸이 너무 아파왔다. 더 힘든 것은 구토와 설사
가 동시에 시작된 것이었다. 단 한두 시간 만에 탈진상태에 들어
갔다. 처음에는 급체한 것이라 생각했다. 상비약 중에 지사제를 먹
으면 좀 나아질 줄 알았는데 전혀 듣지 않았다. 결국 나는 근처 여
행자 숙소에서 쓰러져버렸다. 일행인 중국계 미국인 친구가 죽을
쑤어서 줬지만 한 모금도 넘기지 못하고 구토와 설사를 반복했다.
그는 라싸에 있는 병원으로 돌아가야 한다고 말했다. 하지만 이

몸 상태로는 라싸로 가는 트럭을 얻어 타고 다시 비포장도로를 삼일 동안 달려 병원까지 갈 수 있을 것 같지 않았다. 흔들리는 차 안에서는 반나절도 견딜 수 없었다.

둘 중 하나였다. 이곳에서 버티든지, 아니면 이곳에서 죽든지였다. 나는 되돌아가지 않고 숙소에서 견디기로 했다. 고열에 몸마디마디가 끊어질 듯한 고통이 엄습했다. 몇 번이나 정신을 놓았다. 중국계 미국인 친구가 내 이마에 물수건을 올려주며 옆을 지켰다. 오늘 밤 이곳에서 죽음의 문턱을 넘어야 한다는 걸 직감으로 알 수 있었다. 낯선 황무지에서 죽는 것도 나쁘진 않았다. 그냥 나다웠다. 프란치스칸답게 죽는다는 생각이 들었다. 단 한 가지가 나를 붙들었다. 뭔가 보고 깨닫겠다는 생각으로 이 먼 곳까지 왔는데, 이제 뭔가 해보려는데, 아무것도 보지 못하고 아무것도 깨닫지 못한 채 잇다가 만 실타래처럼 끊어지는 게 원통했다. 그래도 살려달라고 기도하지 않았다. 그냥 버틸 수 있을 때까지 버티게 해달라고 짤막하게 기도했다. 더는 게워낼 것도 없는 배를 움켜쥐고 거품과 헛구역질을 입가로 떨구고 있었다.

얼마나 시간이 지났을까? 침대는 구토와 설사로 범벅되어 있었다. 시큼한 냄새가 났다. 침대 시트에 웅크려 고개를 박은 채 눈을 감았다. 쓰러지듯 천천히 몸을 옆으로 기울여 고개를 돌렸다. 알았다. 더는 버틸 수 없었다. 견딤을 포기했다. 삶을 마감하려 했다. 죽기 전 마지막으로 세상을 응시하려 힘을 다해 눈을 떴다. 찰나였다. 창밖으로 고원의 별이 눈에 들어왔다. 그 별빛을 본 순간 한줄기 눈물이 덜덜덜 떨리며 흘러내렸다. 알 수 없었다. 왜 눈물이 흐르는지 알 수 없었다. 하지만 알 수 있었다. 모든 것을 포기한 순간 죽음의 문턱이 나를 밀어내고 있음을 알 수 있었다. 그녀는 할 일을 다 했다는 듯 내 입술에 키스하고는 뒤도 돌아보지 않고 떠났다. 다섯 손가락을 뻗어서 죽 그릇에 철퍼덕 담갔다. 한기로 떨리는 손가락에서 뚝뚝 떨어지는 죽을 핥아먹고 아주 깊이 잠들었다. 창밖의 별은 계속 그 자리에 있었다.

그냥 아픈 것과, 고통 중에 내가 죽음에 직면했다고 인식하는 것 사이에는 큰 차이가 있었다. 그냥 아플 때는 고통스럽지만 죽음과 직면할 때는 두려움이 몰려왔다. 죽음과 직면하니 의외로 용기는 아무 힘이 없었다. 오히려 단순함이 필요했다. 죽음은 이미 용기를 앞서고 있었으며, 단순함은 죽음을 받아들일지 말지 주체적으로 판단하는 데 결정적 역할을 했다. 난 직면을 회피하지 않고 견디는 쪽을 택했다. 지금 다시 그런 순간이 온다면 그렇게는 못할 것 같다.

＊ † ＊ † ＊ † ＊ 　강원도 양구에 있는 이름 모를 철책 고지에서
군 생활을 했다. 밤이면 쏟아질 것만 같은 은하수가
산을 넘고 있었다. 휴전선을 지키는 것도 잊은 채
근무시간 내내 별을 보았다. 아름다웠다. 반면 티베트
고원에서 바라본 밤하늘은 아름답다고 할 수 없었다.
두려웠다. 그곳의 별은 맹렬한 기세의 말발굽에
휘날리는 먼지보다 더 거칠게 빛났다. 고원의 별들은
나를 단번에 뭉개버릴 것 같았다.

만년설의 깨달음

티베트의 삭막함은 이상하게도 마음을 거칠게 하진 않았다. 보면 볼수록, 느끼면 느낄수록 칼을 가는 돌처럼 나를 문질러댔다. 일주일 넘게 달려 티베트 고원과 황야를 뒤로하고 신산 카일라스에 도착했다. 몇 킬로미터 멀리에서 카일라스의 봉우리가 한눈에 들어왔다. 우리 일행은 차에서 내려 환성을 질렀다. 곧 카일라스를 느껴볼 수 있을 거라는 기대로 가득 찼다. 하지만 5분도 되지 않아 카일라스는 구름을 휘장 삼아 모습을 감추었다. 과연 신산이라 불릴 만했다. 자신을 그렇게 쉽게 허락해줄 카일라스가 아니었다.

우리는 카일라스 바로 아래 있는 작은 마을에 도착했다. 카일라스를 트래킹하기 위해서는 신고서를 작성해야 했다. 통행료도 지불했고, 정해진 코스를 벗어나면 안 된다는 경고를 포함한 안전

교육도 받았다. 동료들이 내게 배낭을 짐꾼에게 맡기라고 권했다. 조금도 그러고 싶지 않았지만 아직 몸이 완전히 회복된 상태가 아니었기 때문에 그 의견을 따랐다. 트래킹 중간에 고산에서 다시 쓰러지기라도 하면 모두에게 피해가 갈 수 있겠다는 생각이 들었다.

막상 카일라스 트래킹이 시작되자 정말 잘한 선택이었음을 깨달았다. 카일라스는 빈 몸으로 오르기에도 숨이 가빴다. 해발 5000미터가 넘는 고원에서는, 열 걸음을 걸으면 잠시 멈춰서 쉬어야 했다. 처음에는 일행들과 보조를 맞추다가 나중에는 거리를 두었다. 몸 상태를 살피며 천천히 발걸음을 옮겼다. 옆으로는 순례자들이 바쁜 걸음으로 나를 앞질러 갔다. 잠시 쉬는 순례자들과 이야기를 나눠보니, 그들은 하룻밤이면 카일라스를 한 바퀴 돈다고 했다. 마치 염주를 몸으로 굴리듯 스스로 염주가 되어 한 번이라도 카일라스를 더 돌리려고 애쓰는 것 같았다. 자신의 죄뿐 아니라, 이곳에 같이 오지 못한 가족의 죗값까지 씻겨줘야 한다고 말했다. 번뇌의 고리를 끊어내려는 그들의 노력이 정말 지독하게 느껴졌다.

우리 일행은 2박 3일 일정으로 카일라스를 순례했다. 단순히 트래킹을 즐기러 온 게 아니라 오랜 세월 동안 순례자들이 해왔던 몸 기도를 익히기 위해 찾은 것이었다. 어떤 마음가짐으로 시작해야 할지 더듬어보았다. 숨이 차고 몸이 너무 무거워서 한 걸음을 떼기도 힘든 상태에서는 내 발걸음을 바라보는 것도 버거웠다. 귓가에서는 몰아쉬는 숨소리만 거칠게 들렸다.

첫날 밤은 고통 속에서 잠이 들었다. 게스트하우스가 있었지만, 일행과 함께 텐트를 치고 그곳에서 잠을 청했다. 가벼운 고산 증세가 보여 스프레이 산소통에 의지해 조금씩 숨을 쉬다가 간신히 잠들었다. 둘째 날 밤은 이름 모를 작은 절에서 묵었다. 텐트보다 훨씬 나았다. 절에서 준 이불은 한 번도 빨지 않은 듯, 검정 곰팡이가 한 폭의 동양화처럼 드리워져 있었다. 그것도 감지덕지해서 쓰러지듯 잠이 들었다.

몇 시간쯤 자다가 눈을 떴는데, 목이 좀 아팠다. 이를 닦기 위해 일어났다. 주섬주섬 칫솔을 챙겨서 밖으로 나오자 눈을 뜰 수가 없었다. 밤하늘 별빛에 눈이 부셔서 고개를 돌렸다. 찬찬히 다시 고개를 들고 하늘을 보았다. 황홀했다. 주먹만 한 별들이 하늘에 가득했다. 별들이 너무 촘촘하게 모여 있어서 바늘이 들어갈 틈도 없어 보였다. 별들은 강물을 이루어 하늘을 몇 바퀴 휘감았다. 마치 양 수만 마리가 풀을 뜯기 위해 이동하는 모습 같았다. 태곳적 천지창조의 모습을 재현하듯 별들은 번쩍번쩍 무한한 형상을 만들어냈다. 밤하늘을 수놓은 우주의 향연을 보는 것만으로도 인간의 존재가 애석해졌다. 그 웅장함 아래 나라는 존재는 이곳에 굴러다니는 돌멩이와 다를 게 없었다. 순식간 사라지는 먼지와 마찬가지였다.

제아무리 산을 오르며 합장하며 손 모아 외친들 그저 인간일 뿐이었다. 지극정성으로 돌탑을 쌓아 올리듯 온몸으로 한 장 한 장 덕을 쌓는다 한들 가엾은 인간일 뿐이었다. 순례를 멈출 때가 되었음을 알았다. 내 의지로 전장의 전리품을 획득하듯 달려드는 일을 멈춰야 했다. 무자비한 군인의 모습으로 달려든다고 한들 진리는 내 손에 머물지 않았다. 나는 오직 한계 지어진 내 존재의 그림자만 바라볼 뿐임을 알았다.

다음 날 아침, 천천히 산에서 내려왔다. 골짜기 사이로 만년설 녹은 물이 거친 소리를 내며 흐르고 있었다. 웃옷을 벗고 머리를 물에 담겼다. 만년을 기다려 녹아내린 물줄기는 내 머리를 세차게 걷어차며 지나갔다. 흘러가는 길을 막지 말라고 했다. 고개를 들어 악쓰듯 신에게 소리쳤다. 어찌하여 우리를 유한 속에 이토록 목마르게 내버려 두느냐고. 미친놈처럼 삿대질하고 춤추듯 뛰어다녔다. 얼마 못 가 숨을 헐떡이며 주저앉았다. 목덜미 사이로 만년의 차가운 기다림이 흘러내렸다. 그 차가움은 영원한 기다림을 담아내듯 나를 휘감았다. 내 귓가로 흘러내린 물줄기 한 방울만이 가엾다는 듯 위로를 던졌다. 자기는 깊은 어둠 속에서 만년을 기다려서 녹았노라고, 너는 어둠 속에서 얼마나 기다렸냐고….

한계를 벗어던지지 못하는 인간이 할 수 있는 유일한 일은, 고독한 채 기다리는 것이었다. 그걸 알기 위해 나는 너무 먼 곳까지 왔다.

* † * † * † * 7월의 더위가 시작되기 직전, 나는 수도원을 나왔다.
보장되거나 담보되거나 계획된 것은 아무것도 없었다.
수도원 문을 나선 순간을 기억한다. 아무 느낌이
없었다. 세상은 어제와 오늘 변한 게 없이 똑같았다.
바람 한 점 불지 않았다. 보이지 않는 경계선을 넘는
일은 생각보다 건조했다.

새로운 세상으로

1994년 1월 16일, 수도원에 입회했다. 2005년 6월 25일, 수도원을 떠났다. 13년 조금 안 되는 기간 작은형제회 수도자로 지냈다. 나의 무의식은 아직도 나를 꿈속에서 수사로 등장시킨다(이 책을 쓴 뒤부터 꿈에 그가 나타나지 않았다).

사랑하는 사람을 만났고, 함께 살기로 결정했다. 정말 힘든 결정이었다. 가장 힘든 것은 평생 함께 프란치스칸으로 살자고 약속한 동기 형제들을 떠나는 일이었다. 그동안 많은 가르침을 주고 작은형제로서의 삶을 몸소 알려준 많은 선배 형제들에 대한 죄송함이었다. 이 자리를 빌려 당시 일일이 다 인사드리지 못한 선배 형제님들께 죄송한 마음을 전한다.

당시 관구 봉사자 형제님께 내 결정을 말씀드렸다. 곧 부제 서품을 받기로 한 형제가 수도원을 떠나고 싶다고 말씀드렸으니 무척 당황하셨겠지만, 조금도 화내거나 나무라지 않으셨다. 내 뜻을 존중해주셨고, 힘든 결정에 동참해주셨다. 떠나지 않기를 진심으로 바라셨지만, 동시에 나의 뜻을 있는 그대로 받아들이셨다. 지금도 그때를 생각하면 정말 감사하다.

보통 수도원을 떠나는 형제가 있으면 떠나기 전날 다 같이 모여서 공동휴식을 한다. 간단한 다과와 함께 술을 기울이며 지난 시간에 대해 이야기 나눈다. 하지만 나는 조용히 떠나고 싶었다. 평상시처럼 수도원의 일상을 보내다가 떠나고 싶었다. 수도원에서의 마지막 날을 최대한 음미하다가 소중하게 떠나보내고 싶었다. 마지막 날 아침을 술기운으로 맞이하고 싶지 않았다. 또 내가 떠나는 날이 동기 형제들이 부제서품[+]을 받는 날이었기 때문에 그들의 서품을 방해하고 싶지 않았다. 그들이 성직자로서 첫발을 내딛는 날, 나로 인해 늦게까지 잠을 설치게 만드는 건 옳지 않다고

[+] 가톨릭에서는 부제서품부터 성직자로 인정한다. 미사 중 공식적으로 강론을 할 수 있으며, 사제로서 품위를 익히는 기간이다.

생각했다. 유기서원소 원장 형제님께 뜻을 말씀드렸고, 그렇게 허락해주셨다.

성북동 수도원에서의 마지막 밤이었다. 수도복을 정성스레 입고 성당에 들어갔다. 그때 문득 입회식 미사 중에 앉았던 자리가 눈에 들어왔다. 그 자리에 가서 앉았다. 아무 말도, 아무 생각도 하지 않고 가만히 앉아 있었다. 한참 후 눈을 떴다. 감사했다. 그간 수도원에서 보낸 시간이 한순간 같으면서도 영원하게 느껴졌다. 잠시 시간이 멈춘 듯했다. 그렇게 늦도록 성당에 앉아 있다가 방으로 돌아가서 잠을 청했다.

다음 날 평소보다 조금 이른 아침에 수도복을 입고 성당으로 나왔다. 아침기도와 미사를 위해 형제들이 하나둘 자리에 앉았다. 평소와 다름없는 수도원의 일상이었다. 아침기도를 마치고 원장 형제님은 내가 수도원을 떠나게 되었다고 공식적으로 형제들에게 전했다. 나는 제단 앞으로 나가 무릎을 꿇었다. 수도원의 모든 형제들이 줄지어 나와 한 명씩 내 머리에 손을 얹으며 축복해줬다. 마음을 다해 축복해줬다. 감사했다.

아침기도를 마치고, 방으로 돌아가 수도복을 벗었다. 수도복 자락을 만지며 미안하다 말했다. 무덤까지 너를 데리고 가지 못한 게 진심으로 미안하다고 말했다. 그러고는 수도원 방 옷걸이에 그 것을 걸었다. 이 수도복은 이제 다른 형제가 입게 될 것이었다. 수 도복의 끈은 가져가기로 결정했다. 수도복의 끈에는 매듭이 세 가 닥 있다. 작은형제로서 순종 안에서 소유 없이 정결하게 살아감을 의미하는 표식이었다. 먼 훗날 내가 세상살이에 휩쓸리더라도, 작 은형제였음을 잊지 않기 위한 징표로 삼기로 했다.

수도원을 나서기 전 간단하게 짐을 정리했다. 여행 가방으로 하나가 조금 안 되었다. 수도원에 들어올 때 가져온 가방 그대로였 다. 정리하면서 탁상시계를 가방에 넣는데, 시계가 멈춘 것이 보였 다. 수도원 입회식 날 아침, 어머니가 급하게 사서 넣어준 탁상시계 였다. 건전지를 갈아 끼웠지만 움직이지 않았다. 마치 그간 사력을 다해 움직이던 탁상시계가 자신의 소명을 다하고 멈춘 듯했다. 수 도자로서의 시간이 이제 멈추었음을 상징적으로 보여주는 것 같 았다. 자신의 할 일을 다 한 탁상시계를 조심스레 축복하고 가방 에 넣었다. 고칠 수 있다면 세상에서의 시간도 함께하고 싶었다.

아침 식사를 마치자 형제들은 부제서품 미사에 참석하기 위해
정동 수도원 본원으로 떠났다. 나는 성북동 공동체 원장 형제님과
마지막 면담을 하고 수도원 문을 나왔다. 정말 조용했다. 이제 다
시는 돌아갈 수 없는 문이었다.

수도원 문을 나서는 마음은 비장함으로 가득했다. 32세, 무슨
일을 어떻게 하며 살아가야 할지 결정해야 했다. 퇴회 며칠 후 노
량진 학원가를 찾아갔다. 교대 편입을 준비하기 위해서였다. 당시
학원에는 교대 편입을 위해 1년 혹은 2년 동안 준비한 학생이 가
득했다. 하지만 내게는 그렇게 많은 시간 동안 준비할 여유가 없었
다. 무조건 6개월 안에 합격해야 했다. 적어도 결혼해서 한 가정의
가장으로서 살아갈 힘이 있음을 증명해야 했다. 이처럼 세상과의
첫 마주는 절박함으로 시작되었다. 작은형제회에서 수사로 살아가
기를 포기한 뒤, 처음 맞닥뜨린 도전이었다. 내게는 성직자라는 안
정된 지위와 삶이 보장되어 있었다. 어찌 보면 작은형제회를 떠난
순간이 태어나서 최초로 내가 가진 모든 걸 버린 순간이었다. 그 순
간 마주한 현실을 끝까지 직시했다. 이제 수도자가 아닌 세속인으
로서 철저히 처음부터 담금질해야 했다. 그 첫 관문인 노량진 학원

가에서, 나는 치열한 경쟁 대열 속으로 몸을 던졌다.

　방 천장에 시험 관련 자료를 붙여놓았다. 아침에 눈뜨면서 천
장을 보고 익히고, 잠들기 전까지 공부했다. 식사하러 식당 가는
시간도 아까워서, 학원 갈 때 김밥 한 줄을 사서 들고 갔다. 점심시
간에는 학원 휴게실에서 5분 안에 김밥을 먹고는 자리로 돌아와
강의 내용을 정리하고 복습했다. 그날 배운 내용은 무조건 그날
안으로 두 번 이상 복습했다. 논술 과목에는 신학교에서 공부한
철학적 사유가 많은 도움을 줬다. 모르는 것이 있으면 수업이 끝난
후, 또는 수업 시작 30분 전에 선생님을 무작정 찾아가서 물었다.
그때는 염치를 따질 겨를이 없었다.

　당시 편입 준비하던 다른 학생들과 함께 스터디를 하기도 했
다. 그들은 1~2년 동안 준비한 친구들이었다. 나를 포함해 총 네
명이었는데 6개월 후 안타깝게도 나 혼자 합격했다. 지금도 가끔
노량진역을 지날 때면, 그때의 절박함이 밀려온다. 노량진 학원가
로 가방을 메고 들어가는 젊은이들을 보면 가슴이 아린다. 그 경
쟁의 대열 속에서 빠져나오는 길은 두 가지밖에 없었다. 포기하거
나 아니면 죽었다고 생각하고 공부하는 것뿐이었다. 그 어떤 것도

결코 쉽지 않았다.

그렇게 합격 소식을 듣고 2주 후에 결혼했다. 당시 관구 봉사자 형제님이 손수 혼인미사를 집전⁺해주셨고 형제들이 축가를 불러줬다.

세상을 향한 첫 관문은 그렇게 노량진 학원가에서 경쟁과 함께 시작되었다. 지금도 가끔 그 경쟁 속에 있는 많은 젊은이들을 위해 기도한다.

⁺ 나는 수도원에서 종신서약을 했기 때문에 교회법적으로 수도서약을 무효화해야 했다. 관구 봉사자 형제님이 손수 교황청에 관련 서신을 보내 절차를 밟아주셨다. 후에 교황청 인가를 받았다는 소식을 듣고 혼인성사를 받을 수 있었다.

＊ † ＊ † ＊ † ＊　수도 생활을 한다는 건 춤을 배우는 것과 같다.
잘 배우면 신명 나게 출 것이고, 못 배워도
어깨춤은 출 수 있을 것이다.

닫는 글 　　　　　　　　# 내면의 소리를
　　　　　　　　　　# 따르시기 바랍니다

우선 수도 생활을 할지 말지 고민하는 이들에게 말하고 싶다.

"수도 생활을 적극 권장합니다."
"일단 한번 뛰어들기를 권합니다."

수도 생활을 꿈꾸면서도 망설이는 이유 중 하나가 '과연 평생 수도자로 살 수 있을까?' 하는 생각 때문이다. 원대한 꿈을 품고 수도 생활에 정진할 수도 있지만, 일단 2~3년 살아보자는 가벼운 생각을 가지고 시작하는 방법도 있다. 새로운 경험을 한다는 생각으로 시작할 수도 있다. 수도 생활을 꼭 비장한 마음으로 시작할 필요는 없다. 폭넓은 뜻에서 수도 생활을 '삶의 의미를 찾는 과정'이라고 본다면, 그것은 내가 어디에 있든 이루어야 할 전인적 삶의 과제다. 그 과제를 수도원에서 할지 세상에서 할지 환경을 선택할 뿐인 것이다. 수도원 담장이 진리를 보장해주는 것은 아니다. 하지만 진리에 몰두할 시간과 장소를 보장받을 수는 있다.

어떤 사람은 수도복이 멋있어서 수도 생활을 시작하는 사람도 있고, 어떤 사람은 배고픈 시절 수도원에서 열심히 공부하면 유학을 보내준다고 해서 시작한 사람도 있다. 나처럼 신부가 되려면 일단 수도원에 들어가야 한다고 알고 들어간 사람도 있다. 수도 생활은 그 동기가 아니라, 그 과정에서의 성장과 변화에 초점을 맞추어야 한다. 이를 위해서, 수도원에 입회하기로 결정했다면 적어도 수련기까지는 머물기를 권한다. 수도원마다 다르지만, 수련기를 지나기까지 보통 2~3년이 걸린다. 수도 생활을 '맛'이라고 한다면, 최소한 수련기는 지나야 수도 생활의 쓴맛, 단맛, 신맛, 매운맛 중 한 가지라도 맛볼 수 있다. 지원기 혹은 청원기에 있는 수도자는 말 그대로 아직 수도 생활의 지원자일 뿐이다.

어떤 수도원을 고를지 고민할 수도 있다. 분명 신중해야 한다. 수도원마다 영성이 다르고 또 수도원에서 원하는 사람이 다르기 때문이다. 어떤 곳은 입회가 까다로울 수 있고, 어떤 곳은 아무 때고 받아줄 수도 있다. 지금 누군가 내게 수도원을 소개해달라고 하면, 일단 '사람'을 보라고 알려주겠다. 수도원의 크기가 수도 생활의 질을 보장하지는 못한다. 수도 생활의 질을 보장하는 것은 수도원에서 함께 살아갈 구성원이다. 크고 잘 알려진 수도원이냐, 작고 덜 알려진 수도원이냐의 문제가 아니라 내가 같이 살아갈 공동체의 사람이 누구냐에 따라서 수도 생활이 될 수도 있고, 지옥 생활이 될 수도 있다. 누군가와 결혼할 때 배우자를 매우 신중하게 고르듯, 수도원에서 살아갈 공동체 구성원을 신중하게 살펴야 한다.

일반적으로 수도원에 들어갔다가 떠나는 경우, 실패했다는 인식을 가진다. 하지만 수도원에 들어가서 죽을 때까지 머무는 사람보다 떠나는 사람이 훨씬 많다. 최소 3배는 더 많으며 드물게는 함께 들어간 동기가 모두 떠나는 일도 있다. 그러니 바꿔 생각해보면 수도원에 들어가서 계속 남는 게 특별한 경우이며 떠나는 게 더 자연스러운 일이라 할 수 있다. 떠나는 경우를 부각해서 언급하는 이유는, 일단 살아보며 결정할 수 있는 기회가 수도원에서 충분히 주어진다는 걸 말하고 싶기 때문이다. 그러니 망설이느라 고민하지 말고, 일단 들어가서 겪으며 고민하는 게 더 현명한 결정이 될 수 있다.

수도원은 세상살이가 덧없어서 들어가는 곳이 아니다. 수도 생활에도 세상살이 못지않게 욕심, 분노, 화, 미움, 교만, 시기, 질투가 난무한다. 그러함에도 수도 생활을 권하는 이유는 적어도 그곳에 모인 사람 중에 '진리' 혹은 '참 있음' 혹은 '존재'에 천부적으로 관심 있는 사람이 많기 때문이다. 그런 사람들과 만남의 시간을 갖고 서로를 바라보는 것만으로도 큰 도움이 된다. 오랜 역사 동안 수많은 수도자가 만든 수도 생활이라는 시스템은, 그 시선을 유지하는 데 도움이 되도록 맞춰져 있다.

13년 조금 못 채운 기간, 작은형제회 소속 수도자로 살았다. 그 시간 중 힘들고 아픈 시간은 있었어도 헛된 시간은 없었다. 머무는 것만으로도 지복이었다. 수도원을 떠난 몸이지만 그 안에서 달릴 만큼 달렸고, 웃을 만큼 웃었고, 아플 만큼 아팠다. 그것으로 충분하다.

누군가 진귀한 보석을 지니고 있다면, 양가감정이 들기 마련이다. 이 보석을 금고 속에 넣어서 소중히 보관할 것인지, 아니면 꺼내서 주변 사람에게 자랑할 것인지 고민하게 된다. 수도 생활 중의

나는 보석을 철저히 금고 속에 넣어두는 쪽을 택했다. 언급했듯 수도원도 세속 못지않게 시기와 질투가 넘치는 곳이기 때문이다. 그러나 지금은 그 보석을 꺼내 조금은 자랑해도 좋을 때라고 생각한다. 무모한 용기로 수도 생활에 도전하는 사람에게 동기를 주고 싶어서다.

나는 객관적 관찰자의 입장으로 수도원을 기행하고 그 소감문을 적지 않았다. 수도자로서 직접 살아보고 말하는 것이다.

"시원한 물을 마셔본 자와, 시원한 물을 바라보기만 한 자는 우주 그 이상의 차이가 있다."

시원한 물을 한 모금이라도 마셔볼지, 그냥 바라만 볼지는 각자의 발걸음에 달렸다. 수도원에 발을 들여놓기는 그리 어렵지 않다. 수도원을 떠나는 것과 들어오는 것은 똑같다. 한 걸음 내딛기만 하면 된다. 나는 그렇게 걸어 들어갔고 그렇게 걸어 나왔다. 한 번쯤은 '참됨'에 대해 온몸으로 진지하게 고민할 수 있는 수도 생활을 많은 젊은이에게 권하고 싶다.

참고로 작은형제회의 입회 기준은 다음과 같다. 신앙심이 조금은 있어야 하고, 신체 건강한 대한민국 미혼 남성일 것. 물론 나이는 20~30대면 좋지만, 수도 생활에 염원을 가지고 있다면 40대 초반도 가능할 수 있다. 관심 있는 젊은이들은 일단 전화해보길 바란다.✠

보통 수도원 입회를 망설이는 이들은 '주님의 뜻을 알려달라'고 기도한다. 단언컨대 내 경험상 주님은 그걸 알려주실 만큼 착하거나 시간이 많은 분이 아니다. 각자 내면의 소리에 귀를 기울이고 그 직관을 믿는 편이 더 현명하다. 그렇게 본인의 자유의지로 선택하는 것이다. 그런 사람들은 적어도 자신을 속이지는 않는다. 수도 생활은 거기서 시작된다.

✠ 작은형제회 한국 관구에 전화를 걸어서 '성소 담당' 수사님의 휴대전화 번호를 알려달라고 하면 바로 알려준다. 그와 통화를 하고 정기 모임에 나가서 상담을 받으면 된다.

수도원에서 어른이 되었습니다

한 청년 수도자의 12년 수행기

초판 1쇄 발행   2024년 1월 15일

지은이   김선호
마케팅   권지은
펴낸이   박지석
펴낸곳   도서출판 항해

전화   070-4233-6884
팩스   0505-333-6884
이메일   hhbooks@naver.com
블로그   blog.naver.com/hhbooks
페이스북   facebook.com/h2book
인스타그램   @hanghaebooks

ISBN   979-11-91981-06-3 03810

도서출판 항해는 독자 여러분의 참신한 원고를 기다립니다.
한 권의 책으로 완성될 수 있는 기획과 원고가 있으신 분은
연락처와 함께 위의 이메일 주소로 보내주세요.